蜀道

黄炎培——著

中国文史出版社

图书在版编目（CIP）数据

蜀道／黄炎培著．—北京：中国文史出版社，2020.11

（名家游记）

ISBN 978-7-5205-2746-0

Ⅰ.①蜀… Ⅱ.①黄… Ⅲ.①游记－作品集－中国－现代 Ⅳ.①I266.4

中国版本图书馆 CIP 数据核字（2020）第 245387 号

责任编辑：胡福星

出版发行：**中国文史出版社**

社　　址：北京市海淀区西八里庄路 69 号　　邮编：100142

电　　话：010－81136606　81136602　81136603　81136605（发行部）

传　　真：010－81136655

印　　装：北京新华印刷有限公司

经　　销：全国新华书店

开　　本：720×1020　1/16

印　　张：13.5

字　　数：128 千字

版　　次：2021 年 6 月北京第 1 版

印　　次：2021 年 6 月第 1 次印刷

定　　价：46.00 元

自序

李太白诗："蜀道之难，难于上青天。"现时入蜀，江行有道，云行有道，上青天且不难，走蜀江，更说不上"难"字，我从蜀道来，谈蜀道。

秀丽的山川，美富的天产，瑰奇的人物，殊异的风俗，皆于蜀道中见到。过去和现在人民的痛苦，于蜀道中闻到而且见到。我从蜀道来，谈蜀道。

走上致乱之道而蜀乱，走上致治之道而蜀治，我深怜蜀过去所走之道，是乱，即是死道；我深望蜀今后所走之道，是治道，即是生道。我所见蜀的生道在哪里？我来谈谈蜀道。

蜀须整个的走上生道，还须每个人走上生道。尽我心力，指贡一些蜀人应走之道，我来谈谈蜀道。

中国整个的走上生道，中国每个人走上生道，才是中华整个民族的生道。蜀道是初步，是小试，蜀是中国后方的中心，就中心区域，把初步工作，来小试一下，吾来谈蜀道。

一、蜀游概念

二、蜀游百日记

三、留告四川青年同学书

四、改造新四川管见

五、蜀游百绝句

民国二十五年[1]七月

著者

---

① 本书作于民国年间，书中大量使用“民国××年”或简写为“××年”的，均为民国纪年。我们在书后附上民国纪年与公元纪年对照表，以方便读者查阅。

目录

蜀游概念 001

蜀游百日记 001

一　入川境以前 003

二　三峡 014

三　自重庆飞成都 022

四　灌县与青城山 028

五　成都第一旬 039

六　川北行 049

七　重庆与北碚 063

八　由内江自流井回成都 073

九　峨眉 084

十　再留成都两旬 104

十一　归去来兮 111

附录一：留告四川青年同学书 121
附录二：改造新四川管见 147
附录三：蜀游百绝句 165

蜀游概念

这回游四川，留夔门以内七十五天，走过的路线：（一）船路——宜昌重庆间，重庆北碚间。（二）公路——成都重庆间，成都灌县间，成都峨眉间，成都嘉定间，成都剑阁间，未成公路，内江自流井间。到过的县：成都、华阳、简阳、广汉、新都、灌县、绵阳、德阳、梓潼、巴县、永川、荣昌、江北、万县、乐山、峨眉、夹江、荣县、眉山、彭山、富顺、资阳、内江、剑阁共二十四县。纵览过山川险要：三峡，嘉陵江，峨眉，青城山，剑门关。

所得感想怎样？三个字来概括它：

关于物质方面——“富”；

关于精神方面——“美”；

关于人民生活方面——“惨”。

这三个字太矛盾了。既“富”且“美”，还会“惨”吗？然而摆在面前的事实是这样。

所以构成这种矛盾现象，只坐一个缘故，就是无政治。因为无政治，使得富者自富，贫者自贫。因为无政治，使得富者愈富，贫者愈贫。有丰厚的物质而不能充分利用，有美丽的天然而不能普遍享受，其仅有的一些，早为有力者垄断以去，还以为未足，设为种种方法，对无力者所仅有部分，尽量地侵略、剥削。于是无力者的生活供给，逐渐退缩到生活需要线以下。而结果成为不能生活，届时，有力者或略略供给他们生活需要，使在有力者指挥之下，扩大侵略剥削行为。而无力者愈不能生活了。

为什么成为无政治呢？一部分原因，当然属于自身问题。政治唯一原则在乎“平”。今大多数人为私而不肯为公，为己而不肯为众，当然恶政治之害己，而皆欲破坏之以为快了。还有一部分原因，欲属于全国。全国有二以上的力时，此有力者竞来利用。而内部适亦有二以上的力，于是在外有力者各选取在内有力者之一来利用，怎样利用呢？“利”他们自私自利的心理，扶植他们自私自利的行为，以供我的“用”，于是以“平”为唯一原则的政治，自然一辈子谈不到。全国政状不改变，内部心理不改变，于是无政治的现象也就不改变，一步步地加重，而“富”“美”二字之下，自然而然地造成了一个“惨”字。

从民国元年到二十二年，四川地面，打了四百七十九次仗（见《复兴月刊·四川专号》，康选宜《川战简史》），这就是上边所说具体的表现。而吾所写这本《蜀道》，中间有许多地方，都还可以做上边所说的证据。

剑阁筑路工人的自述，绵阳愚民的流为教匪，宁南会理妇女的无衣裤，雷马屏峨汉人之被掳掠虐待，简阳街上的饿殍，重庆市的路毙，川北人民之吃树皮土块，乃至人吃人，还不算惨么？

惨了！这现象岂但四川：富者越富，贫者越贫。乐者越乐，苦者越苦。这现象岂但四川！我在川言川罢了。惨了！惨了！

怎样办呢？我中国还得救么？我四川还得救么？如果大家觉悟，全国一定得救，岂但四川！否，则全国不得救，四川哪里会得救！

觉悟在哪里？就是觉悟到依此现象，贫者苦者不得生，富者乐者也会贫且苦到死。这就叫同归于尽。

觉悟以后怎么办呢？吾在留告青年书中说过了：人人下一个大决心，把所有聪明和力量，不许有一些私藏，一些浪费，完完全全贡献给我国家和民族生存需要的工作上，一切从自己做起。不管别人怎样，我总是这样。把眼光放大起来，把人格建立起来，把同情心实现出来，一面团结，一面生产，来从事国防，我对青年这般说，我对一般人都这般说。有权在位者接受吾的话，登高一呼，万山皆应，收效自然很快。无权无位者接受吾的话，由寡而众，由近而远，收效也未必迟。须知一部大历史，人心风俗的转变，都是一二人创出来的呀！

又况，四川有这般丰厚的物质，有这般美丽的天然，所需要者，乃在科学家的头脑，企业家的资本，而首先需要，乃在赤心为民族为国家的政治家的才能和魄力。

欲知四川怎样惨，请读吾书。欲知四川怎样富、怎样美，更请读吾书。

民国二十五年七月

著者

此次游川，承省政府，军事委员长行营，各机关，各公团，各界领袖，以及诸友好多多指导，多多供给，俾得尽量的观察接受，以成此书。万分感谢。舟车仆仆，时日仓促，万一错误，尚求教正。著者再志。

蜀游百日记

二十五年一月二十九，舟离沪。二月一至九，武汉。十二，沙市。十三至十五，宜昌。十六，入川境，巫山宿。十七，万县宿。十八，汤圆石宿。十九，重庆。二十，飞成都。二十三至二十五，灌县，青城山。三月八至十，绵阳、剑阁、剑门关。十三至二十一，重庆、江北、北碚。二十二至二十六，内江、自流井、成都。四月一至七峨眉山、峨眉、乐山。二十四，离成都。二十五至二十九，重庆、南温泉。二十九，离重庆。三十，万县宿。五月一，出川境。一至三，宜昌。六，武汉。八，南京。九，回沪。

一　入川境以前

壮烈的送行

阴沉沉的天气，一大堆青年男女站在轮船会客室电灯光底下，团团地围绕着两个人，精神还算饱满，头发的色素好像拂晓的东方在发光了。船窗外边的风声和浪声，完全息灭，让大家高唱昨天第四个“一·二八”① 周年公祭，庙行无名英雄墓时公奏的那支《义勇军进行曲》。被围绕的两人中间，一人说：“今回不是‘黄’河旅行，是长‘江’旅行，该请江老先生当家，我姓‘黄’的不是主体呀！”那一位说：“这里还是黄浦江，我姓‘江’的和黄老先生倒是同样的主体。只可惜座上没见到姓‘浦’的。”忽有人指着一位女士说：“这就是潘仰尧先生的夫人浦女士。她才该和二老先生做同样的主体呀！”

① 指“一·二八”淞沪抗战。

这回送行，多么壮烈呀！欢送中间，还夹着欢迎的意义，就是民生公司总经理卢作孚先生才从四川飞来上海，以四川人和船主人两重资格，带领那班四川青年，来欢迎吾入川，只可询问渔老先生虽是同行，还没暇一块儿向四川去。

江行十首之一

到眼蓬蓬未是春，淞波剪恨送征人。
迟迟雪柳归何处，莽莽江山着此身。
老癖图书外何有，客心鱼鸟壹相亲。
庙行薤曲声悲壮，锻炼千年蜀碧新。

谁当客人是客是人的？

“民贵”船当夜就冲出了四年前遗下赤血和白骨蒸发出愁云惨雾阴酷的雾团，很勇敢地开出吴淞口，向长江逆流进发。

原来“民贵”就是民生公司四十一艘之一。到处发见有利于客人的设备或文告。我把下边若干条文写出来做个代表。

一、船上备有救急药品，客人需要时，可告知茶房取用。

二、船上沐浴及所用娱乐器具，均不取费。

三、船上备有图书报章，可按借阅手续阅。

四、船上洗衣剪发雇有专员，所费亦廉。

五、船上一切铺位均不取费。旅客购票上船，茶房即立刻安置铺位。

六、客人如有不明了事件可询问茶房或事务人员，必实情相告。

七、客人信件电报，可交船上代送邮电局寄发。

八、客人汇款或收款不便时，均可托账房代办。

九、客人到码头转车转船时，如情形不熟或怕麻烦，可请船上帮助。

十、客人上下码头搬运行李，雇用车船力夫等，如有困难时，可通知账房或茶房帮助。

十一、旅客到渝（重庆），如须约人到码头，请告知账房航函寄渝。船到唐家沱（近重庆处）时，公司一得电话，立即转知被约人之人到码头等候。

读者诸君！如果读了一遍上边的条文，大概可以知道民生公司的待遇客人了。我常常慨叹：上到管理不良的轮船，或是火车，或是旅馆，乃至进这等商店或银行里交易，或是进这等医院里医病，一种冷酷的面孔，有时还给你几句声色俱厉的话语，简直当你是个“敌人”，是个“罪犯”。民生公司也并没有了不得的好处，不过我所见还当客人是个“客”，是个“人”罢了。

满清不知利用老百姓一片血诚的故事

在船上，干一种很有趣的工作，在距今八十八年以前，有一位不署姓名的，写一本书，叫作《夷氛闻记》，专写清道光三十年英人通商的经过，以及林则徐怎样禁鸦片？怎样英法和我开衅？怎样订《南京条约》？中间还包含定海、镇江、南京受英人蹂躏的惨酷事实。《南京条约》既订，道光二十七年，广州英领事想领绿衣防兵，百人潜越虎门，逼租珠江南岸地。不许，便索租石围塘。又不许，便求永久自由入城。耆英大惧，与订二年后入城之约。至二十九年，英人以文来请践约，而广州商民，鉴于过去种种暴行，坚请勿许，粤督徐广缙巡抚叶名琛欲从民意拒绝他。河南几十个村落及城东燕塘，早已办团练，设社学，辅以公所，无事相安农业，有警农即为兵。皆隶于广州协副将，一如近今所在“教养卫合一”的办法，而由政府与地方合作。到这时候，以粤秀、越华、羊城三书院为中心，由三书院普劝城内外商民出丁备械，四郊社学同时响应，由三书院监院逐日校阅，旬日间得十万余人，笼灯夜出，照耀如白日，枪炮声闻十里，英人结舌不能语，市肆概停交易，外货悉不得脱售，于是英人自请将入城之议作罢。清廷温谕嘉奖士民，一场风波就平息了，当时所称社学，是把该区域内所有民众，都归纳在整个组织之下，料不到当时早有这种制度，并从这种制度发生出这样雄伟的力量。可惜满清一般官吏，不知利用老百姓赤裸裸的一片血诚，继续扶助，继续培养呀！这本书当时由人文图书馆从惜阴老人处借抄得来，我还在人文第一卷写了好几篇介绍的文章，这回，拿这抄本和北平图书馆本校阅一过，竟发见了这本书更伟大的价值。

船上忽然地敲起警钟来，我和我的夫人很镇静地走出甲板一看，方知正在举行消防练习。周绍虞经理要我对船员演讲，就讲《训练的意义》。

美的大学

二月二日到汉口，为中国教育学会年会，为访友，到九日才坐民风船行。武汉使我留念的很多，尤其我不能忘的，是武汉大学。

武汉大学建筑在东湖之旁，就山趾高高下下，依其天然形势而成，环境优美极了。与其说宏壮，不如说美雅，是一座极好的清修学府。全部建筑及一切设备费二百五十六万元。学费极廉，全年仅二十元。这时候，正在准备开学。校长王抚五（星拱），教务长皮皓白（宗石），文学院长陈通伯（源），教授刘炳藜、李儒勉、高翰诸先生，旧好新知，握手相见，在不知不觉中，发生强烈的情感。我常怀抱一种理想，今从大学一方面为立体的发展，一方面还须为平面的发展，不这样，不能满足站在存亡生死关头的中华民族急迫的要求。

江行十首之二

腾腾一水沸金焦，寂寂五峰江海交。
季子文章余事在，小姑诗酒廿年遥。
魂归楚尾无青草，星落旄头有赤熛。
到底英雄论成败，素车怒射燕矶潮。

江行十首之三

黄鹤楼前散舳舻，百年陵谷见乘除。
抱冰互保扶危后，易帜共和建国初。
金箭美材无晋楚，汉江游女有诗书。
精庐吾亦东湖爱，奈此茕茕野哭余。

江行十首之四

壬戌曾追赤壁舟，归途亦上岳阳楼。
十年野血群龙战，一夕天门万骨浮。
赤地刀兵兼水火，朱门歌管自春秋。
荒荒象鼻山前土，楚国书成宝未收。

群山万壑赴荆门

汉阳以上，吾生平从没有到过。每天总是清早开船，傍晚停泊。一路并没有好看的山景，只有空阔的江水，两岸多半是平原，偶见山脉亦不很高大。直到近宜昌时，两岸是峭壁，如门户一般。水势较急，一泻千里，就叫作“荆门”。杜少陵诗：“群山万壑赴荆门”，这句诗的主名词，是水。就是说：水从群山万中壑直奔荆门而下，唯水能赴。若把山当作主名词，试问山如何能赴呢？在没有游过真三峡的像我，到这里也不免惊为雄奇。其实不过是三峡的楔子，川江游罢归来，便没有一顾的价值了。

不合理的风俗和制度给人们苦痛

每天总是读书，读到沉闷时，向同行问问他们的家庭状况、乡里状况、修学状况。其中真有不少的问题，一方面稍把吾的意思供给他们参考，一方面也使我增进了许多实际知识。从谈话中才知道汉阳以下，前年两岸都是暴徒，有船经过，都不免做他们射击的靶子，对我们可说“相见恨晚”了。

同行某女士告我家庭状况：家有年纪很高的祖父母，但父母早过去了。父亲不很向上，专门和许多不良的朋友赌博，吸鸦片，给祖父母把他逐出，不久就过去，其实年纪还很轻呀！母亲是很贤惠的，受尽了气，吃尽了苦，也就在年纪很轻时过去了。老祖父原来也吸鸦片的，到这时候，已怨恨到万分。因为家在内地，风气开得迟，没有把儿女送上学校，受教育的洗礼，结婚又太早。她原来还有一位弟弟，十六岁就娶了亲，帮他的祖父管理店务，这乡村的店铺，生产原来是好好的。不料不到二十岁，这弟弟也就一病而亡。家中留下年轻守寡的弟妇和两老人，这七八十岁老祖父早风瘫在床上了。这几年生意，又因农村破产，渐渐地不佳。说到这地方，两行热泪，像断线的珠子一般，滴滴而下。吾对这位女客到底不便多问她的家世，还怕更触动她悲伤愁苦的情绪，只有对着她说：我听你的话，说得这样有条有理，我知道你是很聪明又很有志气的。你要知道，你所说的一大堆话，中间包含着许多问题。第一，子女受教育确是很要紧的。受了教育，不但知识好，种种受用，而且志气也好，下流的事，他们不肯干了。第二，鸦片是万万吸不得的。大凡家庭的不幸，多半是和鸦片有关系的。第三，早婚是不相宜的，吾见青年因早婚而夭折的，着实不少，太可怜了。还有一个问题，男子可以再娶，女子为什么不可以再嫁。年轻守寡，太无人道。有等地方，寡妇有坐产招夫的风俗，倒是很好的救济方法。至于人选须慎重，当然是又一问题。你要知道人生苦痛，一大部分是给不合理的风俗和制度束缚住的缘故。吾们该下绝大决心来矫正，也无非希望人们跳出苦海的一片苦心呀！

某夜，船上举行乘客聊欢会，邀我演讲——提倡服用国货的意义。理货部管舱员叶云圃，问业余修养方法，详细问了他的经历和志愿，就告以知识修养，最好就现任业务有关系方面，如航业，从书报杂志关于这种资料，尽量收集，访求富有这种学识或经验的专门学者，或老于这种业务的专门人才，通讯求教，因甲而识乙，由近而及远，平时广搜材料，有事请求解答，材料越聚越富，知识越积越多，加以服务越久，实际经验越富，不必受正式专门教育，而实已不愧为专家了。

酆都算地狱么？

谭秀灵，酆都县人，问我修学的途径。从他的口中，得悉下开酆都农民经济状况——酆都农民很苦，四川全省中，指定十县种鸦片，酆都就是被指定的一县。抽捐方法，下种成苗时，按株论捐，名叫窝捐。到收成时，过秤有捐，检验有捐，此地与彼地通过有捐，凡鸦片捐皆直接取诸种鸦片的农民。从前农民鸦片收入最多时每亩可得三四百元，今须赔本，但欲不种，则又不许。鸦片十月种，三月收获；稻三月种，八月收获，所以两者可于一年间并种。农佃制度，种鸦片田主不问，种稻须分收，田主得六成，佃农得四成。中稔之年每亩收成约五斗，田主可分得三斗。谷价每担（十斗）可售六元到十元。如以中数八元计，则三斗可得二元四角。而纳税分四季，每担每季须纳四角，全年四季须一元六角。此外尚有保卫捐，××捐等，不计其名，不计其数。皆由军队抽收，把全部收入来供给还不够，酆都真成活地狱了。这都是往年的事，或者现在较好了。——旁座某君接着说："现在好得多了。每年收税规定两季，实收四季，此外一概免收。"

夕阳下的沙市公园

十二那天傍晚到沙市了。老友李俊夫（杰）在此当营业税局长，突然出现于码头，和江陵中学校长程旨云（发轫）热烈地招待。坐车到公园，鄂湘川边区剿匪总司令徐克成（源泉）、沙市公安局长李武诚（根沄）、总司令部秘书彭凤昭陪游公园全部，公园规模伟大，徐总司令倡建。于夕阳西下时陪游丞相祠堂、孙叔敖墓、山西会馆、公共体育场、集团农场、中山纪念堂各部分。公共体育场地百余亩，每日不少市民来练习运动。集团农场地一百八十亩，全市二十余学校分任种植。夜，李武诚就公园招餐。鄂省沿江武昌、沙市、新堤、武穴、沿汉水沙阳、樊城、老河口七处各设公安局，直隶于省政府民政厅。沙市人口十万多。出品以棉花为大宗，全年出口八万包（每包四担）。去年水灾仅得一万八千包，最丰之年可出十四万包。有纱厂一家，锭二万枚。沙市之棉，仅能纺纱十支至十六支，最多不过二十支。

十三到宜昌，军事委员会委员长行辕、第二处处长柳剑霞（克述，长沙人），派王科长寿圃来埠欢迎。剑霞以学者从军，为人和气诚挚，注重实际研究，曾著《新土耳其》，我为作提要，刊入《人文》。

行辕集合各职员及各机关领袖，我演讲——《如何唤起民众?》，历二小时。剑霞为主席，第九区专员公署专员王轶群（烈）集合各中等学校、乡村师范学校教员学生，民众教育馆职员一千五百人，我演讲——《今后施教育者和被教育者的新使命》，历一时半。公署科长金在镕、湖北高等法院第一分院首席检查官吴植诚（忠本）主席，在镕潘阳人，听至某节，一时悲痛难堪。吾诗有两句："入座南冠犹有礼，随阳北雁已无家。"更不堪使金君卒读了。

江行十首之五

身后功名那可凭，相才吾欲起江陵。
当年吴蜀曾争地，今日西南倘得朋。
差喜拂云棠荫美，定看挥日鲁戈能。
尊前旧雨逢今雨，一夕园游感不胜。

江行十首之六

金甲春农事可嘉，东山忠骨枉虫沙。
急须飞将丰毛羽，忍对诸生惜齿牙。
入座南冠犹有礼，随阳北雁已无家。
长沙终见登宣室，吾爱清才柳剑霞。

既参观了飞机场，就上东山游览。第九十八师士兵以夏楚中师长的命令，从事筑路工程，近代军队多能担任建设工作，与民众接近，不能不说是一种重大的进步。东山昭忠祠系民国十四年吴子玉手下师长王汝勤、卢金山所建。有碑纪念他们历次战死的将士。可怜这一般将士，死于服从命令，死于偏狭的忠义观念。不是为国家而死。死也很可敬，所惜二十年来，自相残杀，把有限的国力——生命和财产，无端所丧，不知凡几！败没有价值，胜也没有意义。凡类此的内战纪念物，到“事过境迁”以后，必将使人们发生这类感想。

二　三峡

今天（十六日）要上目的地了。此行游览川省，自以三峡为第一目的。吾先把全部里程报告一下：

上海至汉口：三〇〇海里。

至宜昌：一〇〇〇海里。

至重庆：一三五〇海里。

吾们记着，宜昌到重庆，还有三百五十海里。以每海里合华里三点二算来，该得一千一百二十里。

次之，该把三峡诸胜名称及地点，先来整理一下：

三峡

（一）西陵峡

（1）宜昌峡

一名黄猫峡。——自距宜昌四海里八南津关起至十一海里半石碑止。

（2）灯影峡——至十六海里之南沱止。

（3）崆岭峡——自三十四海里八之庙河起至三十七海里

四之老鸦口止。

（4）米仓峡

自三十九海里至四十一海里止。俗名旧峡，又名兵书宝剑峡。北岸为香溪口。

（二）巫山峡

自七十五海里官渡口起至八十九海里箜望沱止。又名大峡。

（三）瞿塘峡

一名夔峡，又名风箱峡。自一百零三海里五黛溪起至一百零七海里四白帝城止。

这是根据双流郑壁成君《四川导游》所记载的。

一夫一妇一儿一狗

天平明，从宜昌开行，一会儿，就进西陵峡第一段。吾们早摩拳擦掌地准备着，一进了峡，只觉天渐渐阴晦起来了。北岸伟大的基础上，壁立一峰，秀丽得很，叫天主峰；南岸方形的诸峰排列着，像大型的牙齿，名马牙峰。从南沱回头，见数峰连续，像一夫一妇携一儿一狗随行的样子，时已走完西陵峡第二段了。

这样好景致，要使没有人指点着一一说明，很容易当面错过。民主船的船主海君，操中国语十分流利，比中国人还要道地。承他帮忙，一到重要有名地点，立刻奔来报告。读者诸君自己备了一本民生公司出版的《四川导游》，最好还备一本中国银行出版的《宜昌到重庆》。

第三段崆岭峡到了。北岸石壁绝高处，有石很像牛的肝、马的肺。下边就是崆岭滩，江心大石兀立，把水分做南北两漕，南漕乱石不能行船，北漕有暗礁伏水，更不易行。水愈枯，危险成分愈多。清光绪二十六年十二月廿七日德籍瑞生船沉在这里，船主死。后来三十余年中间，沉过五只，其他伤损不胜计。今川江航务管理处沿江设有水位标志，有来船标旗。民国二十二年管理处会同海关炸毁南漕礁石大半，但此时行船仍取北漕。船直向江大石开行。待将要触着时，忽然转北，缘大石疾趋，才得出漕，其险可想。

新滩又名青滩，势极陡，石如闸，水如瀑布。用长绳绞挽以上，助以人夫几十，花银一百六十元。虽具有每小时十五海里速率之轮船，在枯水非绞挽不可。

巫山巫峡气萧森

过了第四段兵书宝剑峡，出香溪口，便入巫峡。两岸峰势更奇峭雄伟。吾生平游过的山，以黄山和雁宕为最。一睹巫峡，便觉黄山只天都、连华两峰可观，而这里奇峰无数。雁宕灵峰灵岩一带，峰峦不能说不多，而这里给大江把它们隔做两下。江水又来得急激。在整个的奇峭雄伟的环境中间，添上阴森幽险的意境，杜少陵诗“巫山巫峡气萧森”，

“萧森”两字形容得不错，能使人心突起一种变化，由可爱进于可怖。所苦在看了南岸，舍不了北岸，使全部乘客，奔走于左右两舷间，虽老于川江者，到此也跟着忙个不了。累得护航兵士，高声唤起大众注意，勿偏站一边，使船失了重心闯祸！纷扰了多时，奇峭雄伟的峰峦，萧森的气息，并没有断顿，不过人心久而渐习，慢慢地变成相安的局面。吾所最感为遗憾的，就是船役来招吃饭，未免太煞风景。民生公司管理法，事事改良，最好将来须就两舷旁或船顶设餐，一面吃，一面看，妙哉！妙哉！

屈原庙，姊归城，巴东白塔，都早过去了。北岸偏鱼溪，南岸碚石，皆为川鄂两省交界处，巫山十二峰，南北岸各六。天色向晚，船就停泊在巫山县城的西边，而十二个峰，就在疑云疑雨中间，昏沉沉地睡着。县城下有神女庙，“朝为行云，暮为行雨，朝朝暮暮，阳台之下”。吾并没有上去登“阳台”一度，不是我无情，因为已经知道这边的神女，都奔向大都市马路旁边，或小屋子里，在不人道的政制之下，纳了云雨税，去扮演高唐故事，早都不在家了。

白帝城与吴佩孚

第二天，吾早说过，人心当不了时间支配力的。可爱可怖的心理，慢慢地变为相习相安。不过那天上午经过瞿塘峡的时候，又起了热度的兴奋。两岸飞岩骇壁，崩断处，活演出画家

“大斧劈”皴法。我竟想发表主张，“凡没有走过三峡的，不配称画家”。崖间青黄红黑各种石色，衬以常绿的林木，成天然的着色图画。出峡处就是夔门。大江中心一大堆石子，远望好像小孤山削去了上半截。这就是滟滪堆。北岸山头白帝城，山半有托孤亭，吴子玉将军战败时，很无聊地驻宿这里，经过不少的日子。

水八阵图

过了白帝城，就望见鱼复浦，有诸葛武侯所遗留八阵图。把卵石聚拢成堆排做八行，水涨时淹没不见，水退如故。土人架草为屋，砌土为灶，掘地取水煎成盐，色味都劣，所以称这里为臭盐碛，产量亦不丰。在距成都北一百里光景广汉县唐家寺还有旱八阵，这里就叫水八阵。

江行十首之七

夷陵西去万山云，六六巫峰一水分。
随地花盐堪入味，成图拳石亦能笔。
灵风屈子祠前拜，梦雨高唐赋里闻。
白帝孤城谁许卧，亭边百战旧时裙。

江行十首之八

空泠滩接泄青滩，入蜀于今路未难。
到处雄奇大斧劈，幻成慈孝合家欢。
兵戈想象留书剑，牛马忠勤见肺肝。

吹气蒲兰碑下过，几人天职似君完。

江行十首之九

不夜园林禁客眠，红梅万本拂吟鞭。

烛奴密树惟窥影，罩子遥山不见天。

何物雨云幻神女，只今涪万少春鹃。

潇潇一枕江声里，归梦吴阊晓泊船。

屠业与张飞

夔府过了，云阳县过了，南岸张桓侯庙，远望规模甚大。四川有一奇事，屠业公所都供张飞，不知是何关系？难道老百姓因桓侯刚勇善战，误认为性好屠杀的吗？

夜游西山公园

到万县停泊。在暮色苍茫中，由民生公司招待上岸，夜游西山公园，暗香飘入鼻子里，细看满园都是红梅，出园时罩子罩得四山不见（川人称雾为罩子）。园为杨子惠（森）驻军这里的时候，以一百万元修建。有万安大桥，以三十万元修建。

桐油利归洋人了

万县有人口近二十万。桐油出口年约三千万元。经过手续，由（一）种桐树的农家，售于（二）榨油坊，转售于（三）油行，转售于（四）内地洋行，转售于（五）海口洋行，最后输出，售于（六）外国洋行。桐油产地，（一）川省；（二）湘省；（三）桂省。实则湘省桐油，产于川之酉秀黔彭各县，仍是川产。其用途漆物以外，如电话筒等皆由桐油制成。川省既有这美产，农民该受惠不浅了。实则利不归农，农家穷得很，不等桐实收成，早称贷于油坊，或其他高利贷家，他们也没有钱放出，转以高利称贷于洋行，及已收获，由债权人任意贬价，而利遂大半归洋人有。欲知详细，可阅江昌绪编《四川省之桐油》，民生公司出版。民生经理陈国光招对职员演讲，即宿万县舟中。

谁更桃花马上请长缨呢？

第三天，北岸经忠县、酆都，夜到汤圆石宿。民生经理龚子鹤发起船员乘客聊欢会。余讲巴蛇，第四天，南岸经涪陵，北岸经长寿。自万县西来，两岸山田，高高下下，满栽可爱的青苗，缀以常绿的林木，庐舍掩映，山顶新筑的碉堡，节节相望，据说是防匪利器。前人称富春江两岸锦峰绣岭，这里最平常的景致，还要比富春江高出几倍。每于沙滩旁见居民从沙中淘取金屑。闻所得甚微，每天每人不过值银几角。过石堡寨，是明女将秦良玉出地，当时有“桃花马上请长缨”诗句。自夔府向西，两岸所有城郭，都在山上。而建筑壮伟，寻常楼房，有高至四五层的。

乌江

涪陵山下，一水浓碧，即是乌江。从黔省来入江，但入江后，像一条碧带，与江水不相混和。入江处，有石在水底像门槛，任何船不得出入。闻乌江另有木船，在上下三百里间可通行。船制极奇，尾向右弯。涪陵以上，山头一径，有门像穹形，叫鬼门关。凡守涪陵必守此，真是“一夫当关，万夫莫开”。

江行十首之十

夔府西来渝万东，岩城尽在白云中。

平沙金砾凭君取，小县楼台亦自雄。

峡里人家生有养，峰头硐壁盗无踪。

长缨一骑桃花血，请向蓬山去挂弓。

三　自重庆飞成都

衣锦尚䌹的重庆

诸君！从宜昌上水，看饱了三峡风景，一到重庆，只见沿岸很陡的地势，高高下下，满满地排列着破烂不堪东歪西斜的草屋，使得诸君立刻发生不愉快的感觉，或者竟可以怀疑道："人们都说四川那么那么好，原来都是哄人的，这样蹩脚！"错了，诸君怕没有读过古书《中庸》吧！《中庸》有句话："衣锦尚䌹，恶其文之著也。"就是说：人们穿了锦绣，外边须得罩一件破烂衣服。是什么意思呢？不要人家看出你漂亮。我想重庆当地先生们，也许是牢守着先圣古训，不要人家看出漂亮吧！诸君！如果上着岸抬头一望，他们的房屋街道，还着实气概哩。实对诸君说：他们并不是别的，就为年年江水涨得凶，沿江建筑好房子，实在有些犯不着。

仙人眼里的凡人世界

到重庆了（二十日）。急急便向成都去。原来重庆的轮船，在夏秋水涨时，可直达成都城下。但这时候只能到叙府为止，以上须换坐木轮，而木轮亦只能到嘉定府乐山为止，而且上水行得很慢很慢，乃决计购坐一小时可达的飞机，票价九十元，每个人随带行李以三十三磅为限。

这一次飞行，有我的夫人和顾女士做伴。我呢？在社会奋斗了三十多年，吃过不少困苦，冒过不小危险，这些，当然不算什么一回事。我只感觉我夫人和顾女士有这样从容慷慨，绝对不避危险的精神，一半也许是为好奇心所驱使罢！不过飞机是很安稳的。遇到天日晴和，如履平地，简直比行平地还安稳，既没有像地面上崎岖或滑汰，更没有任何人任何物和你冲碰。我想神仙欢喜腾云驾雾，道家用毕生修炼工夫，希望做到拔宅飞升的境界，就为是羡慕这空际往来，游行自在吧！不过我这段话，很像替航空公司登广告了。

我把空中所见略说说：大概飞机有时飞在云的上边，望下一看，只觉烟雾漫漫，云汽会扑到透明的软玻璃窗边来。可是仰面一看，只见一层层白云还是在天空往来着，而且飞得特别快。到飞向云的下边时，望下一看，只见大地山河，尽在脚下。从重庆飞成都，先在嘉陵江西岸升空，向西北行，经过了壁山铜梁间平原，来一条山脉，就是鹿头山脉的东南端，安岳乐至两县坐落在这山脉左右。过去又是一片平原，属资阳、简阳等县地界。过去就是沱江，便从一片大平原上，发见四川省会成都。凡平原，俯看像一座大花园，田畴屋舍，界画分明。

树木和农作物，碧绿得可爱，又像一座地理模型，很端正地陈列着，尤其是成都一带，受岷江的灌溉，土地特别肥美，说不尽青山白水，嘉木良田，假使我真是神仙，怕也不免动降凡之念哩！吾这段文字，希望留传不要太久。太久了，一定有人说这人知识太幼稚，连坐飞机也值得大惊小怪。其实吾早知道，初坐轮船火车，也是这样大惊小怪哩。

人类自大的心理，往往看自身多么大。像蚂蚁之类，简直认为幺幺小物，它们的生命，决无爱惜的价值。而不知从飞机上看来，老实对诸君说，你们亦只和蚂蚁相等罢了。若用五百倍显微镜来看蚂蚁，简直比诸君还要大。请诸君闭着眼，用冷静的头脑把整个的宇宙想一下，究竟我们人类处于何等地位？

四川风俗言名的一斑

把成都和重庆比，恍惚等于把苏州和上海比。重庆是工商世界，成都的社会却完全不同，是很和缓的、很幽雅的、很安闲舒适的。街上第一多是茶馆——坐上客常满，杯中茶不空。——但看店铺招牌，已够代表他们的特殊精神了。普通商业牌号用两个字，无非是昌盛、利益、久大、兴发、隆茂、吉祥一类字样，但四川用三个字，银行“聚与诚”就是代表。而成都商号来得潇洒别致：“允执中”“竹有筠”“大不同”“人人悦”“斯觅斯”。很寻常的茶馆，叫“涴秋”；很寻常的菜馆，叫“味腴”；很小的一家饭馆，叫“临时维持生活处”；其中一座稀小的账台，上题三字，叫“经济学”；一家中等的酒馆，叫“不醉无归小酒家”；一家卖豆乳羊乳的，叫“万里桥边卖乳家”；多么漂亮呀！这不过举几个例。怕连北平、杭州、扬州等等，都还比不上它们风雅哩。

初到成都，第一种感想，只觉房屋、器具、物品、商店陈设、人们衣服，一切一切反映到吾眼帘里，和长江下游很少两样。然而东西相距已五千余里了，把这五千余里，由东西转为南北，如广州、福州，和江浙、和平津，彼此间便绝对不同了，就为是一条长江关系，东西几千里间“道一风同”，可知河流于民族的迁流、特性的陶冶、风俗的融化上有极大力量。

原来四川自经明末张献忠大屠杀后，土著已很少很少。今时的四川人，多从各省迁去的。每遇会飧，合座一个个问原来籍贯，没有一个不是从外省迁来的。所以语言特别普通。但有许多特用的字句，和他处不同，例如，说“第一件以外，还有第二件，第三件”，四川人说来，还有第二“一件”，第三“一件”；“第一批货到了，现在到第二批第三批”，四川人说来，现在到第二“一批”，第三“一批”。还有“时候”两字，意思不一定作普通解释。例如“今天谈得很好，明天得闲‘的时候’，再谈一下”，这是普通用“时候”二字的句法。四川人却有特种用法，例如，说：“上海人口有三百万，成都‘的时候’……怕不到三十万吧!”“灌县第四区很大，青城山‘的时候’，倒占二分之一以上。”这是四川人对“时候”二字的特种用法。

还有特用的名词，商家广告大便宜，称“硬相因”；说故事，称“摆龙门阵”；事情做完，称“煞个”，小孩子称“老少”，恰和江苏无锡一样，也许和民族迁流有关系吧。民间每月初二、十六两日吃肉，叫“祭牙”，又叫“打野鸡”。贪得非分浮费，叫“抬包袱”。茶馆、酒馆、旅馆仆役称“么师”。理发师称“待诏”。重庆一带妇女称“堂客”。但成都当作贱称。如误称了一下，对方势必大大动气。有一天，游成都花会，见门首立一石柱，上写“专锁骈神流氓”，“骈神”二字不知什么解释？后问友人，才知调戏妇女的意思。闻各地迎神赛会演剧，都有这种设备。违犯这项信条的流氓，遇大暑天，晒在烈日中，竟可以活活地送命。这种花会，由来甚久。在清光宣间，周善培当劝业道，经过一番提倡，陈列各种农具，听乡农来购取。附设其他物品，略如劝业场式样。花木不过其中一部分。会设道观旁。鼎鼎大名特别菜馆“姑姑筵”与花会为邻。主人黄晋龄由仕途退隐，每年撰写一滑稽春联。今年联语：

由锅边镇守使加封炖煨将军，这个好头衔，硬比他们阔气。

有庙上李老君保佑饮食菩萨，今年开花市，该显一点神通。

承诸位好友假座招餐，即席赠诗一首。我素食十九年了，主人格外要好，自调一羹饷我。

天府珍奇数两川，即论蔬食亦新鲜。
野香无过弟弟菜，别制争夸姑姑筵。
白果甜心银杏老，青城大脚玉姑圆。
更怜米并松江美，乡思莼鲈不用牵。

四　灌县与青城山

我儿方刚，当四川大学教授已四五年，兼教华西大学功课，住华大广益学舍，我到成都，也就宿在那里。独立的一所小楼，四围花木，旁边草地一方，环以竹篱，倒也简朴而幽雅，住在中间，很是舒适。新交，旧交，不是我去拜访，便是他们屈驾。“有朋自远方来”，当然主客双方都是“不亦乐乎”的。可是忙忙碌碌，一天一天过去，什么得了呢？我来川的目标，除了游览山水，总想把整个的四川来研究一下。自从到成都，承当局诸公向我征取对于改进四川的意见，我还没有较详地观察，较深切地研究，哪里可以乱讲呢？二月二十三日作孚相约去游灌县，这算是考察四川实际状况破题儿第一遭。

都江堰工程

天下大利必归农。四川的富，凡百多属于未来，其属于现时的唯有农。全省面积四十万零三千余平方公里，地势四面高，中间低，形成一般所称的“四川盆地”。盆地中多数为高度不出一百米的丘陵性小山所占有，唯有偏在西北的“成都平原”是由岷江的水冲积而成的三角洲，包括成都、华阳、广汉、金堂、新都、新繁、郫、彭、崇宁、双流、温江、崇庆、新津及灌县共十四县，占三千五百余平方公里，合五百余万亩。从灌县到成都仅六十公里，而地势高下相差竟及三百米。岷江上流行山谷中间，一到灌县，因都江堰工程，分为内外二江。外江即岷江正流，分若干支；内江亦分若干支，下游入沱江。此都江堰工程，相传为秦时蜀太守李冰携他的儿子二郎所筑。

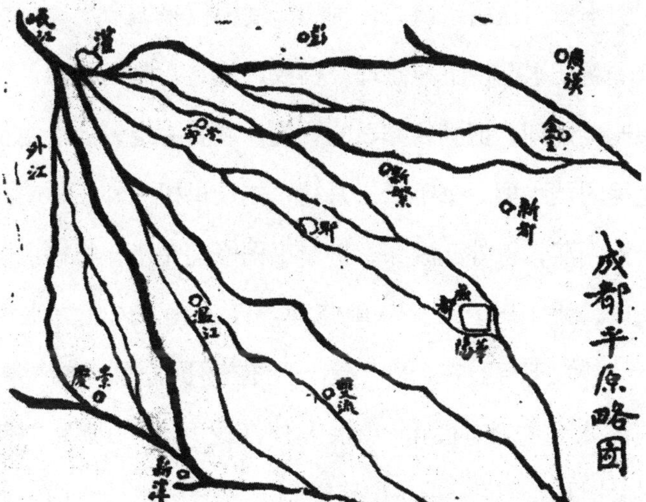

晨七时坐汽车从公路行。同行者（卢）作孚外，内子纠思，儿方刚等。沿途农田皆黑土，景物和吾乡无异，唯多高大

树木。过郫县，到灌县。入水利局，见局长张子聪（沅），工程师周郁如。从离堆公园至伏龙观，观在离堆上，祀李冰及范寂。堆东北角有石股伸入江中如象鼻，称象鼻嘴。江水即从这里过，水大时如万马奔腾，称宝瓶口。县长罗伯宏（远猷）导从离堆经飞沙堰，直至都江堰施工处，工事正在紧张中。经玉垒关至二郎庙，午后二时顷回灌县城。

岷江从西北来，先在上游以百丈堤护岸，而以挑水坝逼大部分水量使入正道，行至新工鱼嘴，是为内江与外江分水的尖端。因其像金字形，亦名金堤。与上游的沙洲相对如门，造成内江引水口。这引水口并无闸门，用杩杈来调节水量。水小时用以隔断江水而便下游修理。杩杈，就是木制三脚架，许多三脚架连接排列，把满装卵石的竹笼，左右夹定，上堆泥土，便成完美的挡水坝。每年十二月初，先筑杩杈于外江，使江水全部流入内江，待外江淘深，护岸工程修理完毕，将杩杈移置引水道口，使水出外江，从事修理内江工程。内江之水沿金刚堤、飞沙堰下行。在金刚堤旁，尚有一平水漕，亦称湃水缺，备内江水量过多时，泄余水入外江之用。飞沙堰亦有鱼嘴（即挑水坝）五道，逼水出宝瓶口，并有滚水坝一道，备内江水量过多时，从坝顶流回外江之用。附近河底，有铁椿二支，所以表示每年淘滩应到的深度。宝瓶口凿山而成，右边山石即名离堆。成都平原的水，都从这里经过。都江堰工程到此为止。

在二郎庙前见一碑——“深淘滩，低作堰。六字旨，精可鉴。挖河沙，堆堤岸，砌鱼嘴，安羊圈。立湃阙，留漏罐。笼编密，石装健。分四六，平潦暵。水画符，铁椿见。岁勤修，预防患。遵旧制，毋擅变”。所谓“分四六，平潦暵”，枯水时期，内六外四；洪水时期，内四外六。就靠拆去杩杈多或少，拿来调节水量。又有一碑——“深淘滩，低作堰。遇弯截角，逢正抽心”。我于两碑，都能了解它的用意，唯“低作堰”一语认为不无疑义。因内外四六，正须借堰的高低来调节，并非作堰一味从低的。

罗县长告我“都江堰工程，有县修，由县水利会主持；有岁修、有大修，均由省水利局主持。每年清明即须开堰，故仅有一百二十天可施工。但民国十五年以后无大修，直到今年才办。此次十七县征工，灌县征三千人，每人做工十五天，合四万五千工，每工给三角。田主出代工金，每粮一两，担任十一工，合三元三角。政府筹工程费六十万元，今年先筹二十万。绳桥连跨内外之上，长一百二十丈。每年重修一次，用巨竹絚纽结而成，上覆木板，费七八百元。我来时旧桥已卸，新桥未成，仅见三个桥座。

桤林和笼竹

罗县长又言：“杩杈用桤木做的，竹笼装石，亦名龙斗。”因问周工程师，龙斗用竹，是否即笼竹？答是。恍然悟杜子美诗“桤林碍日吟风叶，笼竹和烟滴露梢”，都是本地风光。周工程师又言“笼竹名百加竹，入水可经一年，若慈竹仅半年。桤与漆、桐、茶，俱为四川特产，入水反坚”。后来问西部科学院，承专家渠君仲湘开示如下：“桤木，桦木科，赤杨属。四川岷江一带普通植物。自扬子江溯流而上，至叙府以西始得见之。在川省西南部尤茂盛。常见于江流沙洲上聚为纯林。在成都田陇河岸，几无处无之。借以壅固土沙，防御坍场。桤木系落叶乔木，高可七八丈，干部耸直，周围可七八尺，生长甚速，充薪炭最为合宜。在成都种十年可长成五六丈，材稍轻软。除薪炭外可作细工料，如镜框及箱板等类。其细嫩叶经揉制后可代茶为饮料。”桤音欹。王荆公集中有薛秀才诗：“濯锦江边木有桤，小园对植树华滋。”方知桤平声。《蜀故》称蜀大木名桤，其花可爱。

灌县

劫余玉垒千年古，影里绳桥百丈长。
水自都江分两派，天留离碓峙中央。
碑文自昔尊三字，庙貌于今肃二郎。
始识杜陵工写实，桤林笼竹费猜详。

缠头

川俗男女老小多白布缠头，少数用黑布或蓝，到灌县满街皆是。土人说是诸葛武侯纪念服。吾以为这是很古的风俗。巾进于冠，冠行而巾仍不废。中国西南部用巾的区域很大，恐于印度还有连带关系。灌县张着跨街大字标语“缠头是未开化民族的表现”。闻曾用强力制止，无效。吾以为地方特异风俗，苟无害于人，无害于己，不妨听其自由。和服木屐，于日本的强盛，并无妨碍。交通发达以后，风俗自然而然地渐渐趋于混合。若干年后，怕这古风俗仅留为历史上材料，也未可知。

天师洞

是日下午三时偕纠思、方刚、导游的朱树屏君，或坐滑竿，或坐轿，上青城山，滑竿用两竹络布，人坐在上边，两人抬着走，比竹轿来得舒适。十里玉堂场，二十里长生宫，三十里至青城山下。

青城山为道教区域，与属于佛教的峨眉遥遥相对。读彭洵所辑《青城山记》，所有胜地命名，古人事迹，无一不属于道教。吾们到山下，天晚了。于昏黑中舍了滑竿，步行上山，方刚到过这里，且常和道士往来，八时顷导至天师洞，敲门，道士彭椿仙迎入，供食宿。

二十四日天雨，凉得很。开门一望，四山都被封锁在云雾中，不能出游，与椿仙长谈。

青城山

既观都江堰，遂趋青城山。一肩滑竿三十里，禾麻鸡犬居

民间。范贤故居未及式，但闻流水声潺潺。一亭引胜螟烟里，第五洞天不可攀。炼师何惓惓，笼烛自开径。侵晨溪雨阻游屐，长日瓯茶助谈兴。我闻老聃三宝首曰慈，无为而为非不为。阴氏煮金惠穷乏，鸣鹄治病百姓师。逍遥千家倡自卫，思邈千金方广医。凡诸求仙者，匪敢以自私。方今嗷鸿遍海宇，掉头忍与人世辞。师赞我言非河汉，五千真谛知者罕。少年愤世求入山，荒荒天职良可叹。高谈未已云入房，张我军者儿方刚。诗成各尽酒一觞，垂乳银杏老生子。大脚玉菇香调羹，为语飞升今有术，我曾拔宅云中翔。

天师洞，隋大业间始建，名延庆观，唐改称常道观，宋改称昭庆观，今仍名常道观，俗称天师洞。唐时，为飞赴寺僧侵占，玄宗敕令仍归道士，这一道御敕，敕在石碑上，至今尚存。从魏晋以后，佛道两家纠纷得不了。这也是两家纠纷的一小事件。所以称天师洞，相传张道陵曾宿在这里，修炼道术的缘故。天师殿旁还有天师手植的歧茎棕树一株，高三丈余，大两抱。前殿外还有银杏一株，相传也是汉时物。枝干间结成悬瘤很多，像钟乳倒垂的形状，峭壁下有洞，即是天师洞。椿仙导游藏经阁，建筑尚新。山家多种川芎，每亩一熟可得八九十元，足抵一亩田价，这是椿仙所说。川芎与黄姜、当归、白芍，每年出口都在一百万斤以上，产量在川省药材中列第一位。著名产地，为灌县石羊场。十八个一斤叫作黄芎，销广帮。三十个一斤，叫作芎王，销安南、台湾，及河南怀帮。六十余个一斤，叫作统芎，销汉口帮。见重庆中国银行出版的《四川省之药材》。雨下个不止，白云一片一片飞入房屋里。既写诗以赠，更留一联：“经阁如新，从知道道非常道；山田无恙，但祝年年大有年。”

吾友杨叔明会述椿仙有师，少年为江湖好汉，能飞檐走壁。叔明曾请面演，年虽七十，尚能矫捷越墙垣。问师生平门弟子谁受术最精？答椿仙。后来师因服龙虎丹中毒死。末流的道家分修炼、丹汞、阴阳诸派。叔明杨遇春裔孙，门客中尚多传授此术，故知道这类事。

华山识字法

去年游华山，曾教轿夫识字，他们欢喜得不了。详见我所著《河车记》，编入《断肠集》。这回又加入轿夫团谈话了。问他们九人识字么？仅一个李炳泉识字。乃逐个问他们的姓名、年岁，并问他们一两句话，把他们的答语写在下边，每人一字条。

马坤山：四十五岁，家住灌县西街，有两个儿子，抬滑竿儿两三年。

杨时松：四十八岁，我没有读过书的，现在识字了，父亲七十五岁。

黄海山：五十岁，我做庄稼的。

廖洪兴：三十七岁，家住灌县西街头，读过半年书，我们都是中华民国人。

黄兴发：四十岁，我做泥水匠手艺的，一天五吊钱。

裴洪顺：三十九岁，家在梓潼北门外，父亲六十四岁，母亲六十二岁，都好。

傅海清：四十一岁，家在灌县南门外，十一岁离娘，十五岁离老子（土话离即文言见背）。

郭见心：五十二岁，去年子正月间我到县灌来做工。

我一字一句地教他们，他们觉得奇极，原来识字这样有趣的。这个方法，我在华山开始试用，就叫它“华山识字法”。

青城的乡政

灌县第四区长赵管青笼着灯来看我了。赵名宗炜，上海持志大学毕业，精干得很。以下赵区长告我：“灌县分四区，这第四区青城山占全县二分之一以上。人口三十多万，第四区六万多。我是去年十月一日到任的。未到以前，匪很多，剥衣绑票常常有的，现在没有了（这倒是事实，闻赵区长常带警亲去剿匪）。田赋一年征九年。正税每一季征一年，地方附加两年，保安队一年，保甲费一年，公债一年，共九年。外江的水流入本区，从前灌到五十余里，因多年水利失修之故，今仅灌十余里。水不能灌处，仅能种玉蜀黍，不能种稻，损失三分之二。若欲回复，须修治上下官堰，且必须在清明前完工。学校五十余所。年费仅八千元。教员薪水有仅每年五十元的。因甲以委乙，乙以委丙，丙所得只有这一些了。”我就问修治上下官堰有过计划没有？答有。需钱多少？答三千几百元。能分若干年归还呢？答五年。因告以这事易办，可组织合作社，向银行商借，让我去接洽一下。

廿五日已决定下山了，天忽晴朗。常道观在混元顶第三峰峭壁下，出山门回头见“第五洞天”四字。过遇仙岩、龙居冈，再下有亭名“天然阁”，额题“西蜀第一山”。过青城桥，遂达平地。沿途每数十百步必有亭，联额都还可观。抬头四望，林木掩映，峰峦苍翠，低头走在修齐治平的磴道上，回想常道观全部收拾整洁，陈设精雅，我虽然没有领略彭炼师的道术，已深深地佩服他的才能了。

范寂故里

下山过长生宫，是范寂故里。问范贤所手植的枬树，早没有了。题诗一首：

过范寂故里

郁郁青城道，瀰瀰鸣泉流。言寻范贤居，庙貌森清幽。范贤何如人？古之逸民俦。当其名未彰，昭烈先旁求。晋室倏焉衰，李流寇益州。茕茕千余家，率之遁林丘。自卫合群力，耰锄胜戈矛。余事虽弗详，能令遐迩讴。越千五百年，我来抚松楸。古枬贤手植，樵斤早见搜。天乎方荐瘥，桑土须绸缪。谁欤众归往，吾与子同仇。相传贤已仙，修龄乔松侔。长生曷足贵，怀德永千秋。

归途过定江桥、通玉桥、玉堂桥、永庆桥、福星桥、锁龙桥，进灌县城。所经诸水，都是外江流域。各挟大量黄沙，直奔而下，我大惊，大忧，积几十百支流一齐入岷江，等于岷江大的几十百条，一齐入长江，每一支流各挟那么多黄沙直下，长江中下游水利上交通上，哪得不发生绝大问题呢？

于灌县复见罗县长谈山民种川芎，大受高利贷的苦，每贷一元，十天须纳息一吊（一吊等于四五分）。山民穷到不贷钱不能种川芎，因想发起川芎连销合作社，须放款四万元，向银行商借，我也就说：让我帮同接洽一下：

这上下官堰利用合作社和芎泽利用合作社后来也就成立了（泽是泽泻）。

后来还从川大学生谈话中，得知青城山有几吊钱便算富人，有一二百吊便算巨富。

五　成都第一旬

子美蜀中诗占全集百分之六十二

我对四川的游兴，从何时何处发动的呢？九岁读李白《蜀道难》，毫无感觉。十岁，读《三国志演义》，描写蜀中山川、人物与诸葛武侯治绩，心头起一感动，后来读杜子美诗，《成都草堂》《夔府》《秋兴》诸篇，觉蜀中别有一天地。对夔门以内，大有“虽不能至，心向往之”的神气。我尝把杨西河编年分卷的杜诗和子美年谱对勘。子美实于唐肃宗乾元二年由陕入蜀，《剑门》《鹿头山》《成都府》诸首是初入蜀时所作，那年子美四十八岁。到代宗大历三年，年五十七，才出峡，《春夜峡州津亭留宴》五律是在蜀最后一首诗。子美诗留在人间的一千一百三十五首中间，有一千零九十一首，都在四十岁以后作。其中七百一十二首，都是从四十八到五十七这十年间在蜀中所作，竟占全集百分之六十二强。究竟蜀有怎样环境，为什么关系，而使子美长吟远啸，忽泣忽歌，忙到这般地步呢？“口虽吟咏心中哀”（子美诗），终他的一生，伤时念乱，忧国忧民，假使他生在今时，住在今时的四川，这样的国，这样的民，不知他感愤忧愁，还要到什么地步哩！我游子美祠堂，满驻了军队，只有叹气了。

救国不救民么？

二十七号下午省政府邓秘书长鸣階（汉祥）邀往县政人员训练所演讲——《如何唤起民众?》第一，要承认民众，在国家所占的地位。第二，要识得民众的要求。第三，要知道民众本要起的，并且不等唤的，就为是不让他们起的缘故。这三点理会得，然后可以讲唤起的方法。最后还须知道要他们起干什么。

近来有一种荒谬到一万分的见解，说：“救国不救民。”说：“救国要紧，哪有工夫救百姓?”我想把“民为邦本”的旧学说来折服他，吾知道他不会佩服旧学说的。但请他放眼看并世各国，他们的主义，无论向左向右，有不把人民当作基本的么？就使不谈精神，谈物资，如果民力完了，还靠谁来生产？有一天，一位老先生告我：“曾听到一篇演说，说古时的学说‘民之所好好之，民之所恶恶之’，今时不适用了。今时所适用，民之所恶好之，民之所好恶之。譬如抽大烟的，他们就欢喜抽大烟，还能依他们么?”我说：“这种荒谬到一万分的议论，不攻自破。只须对他说，像你所说，至少须在‘民’

上加一‘烟’字，就是烟民之所好恶之，所恶好之。否则像兄弟不欢喜抽大烟的，如果说民之所恶好之，不是要强迫我去抽大烟么？”

那夜华西大学和中学男女生约千人听讲，由张凌高校长主席。吾讲——《今后学生的新使命》。第一，无形的国难比有形的国难还要严重，我们要提倡生产建设工作。第二，大家要有健全的体魄。第三，人人该做一个有组织受训练的国民，大学生尤该做一个能指挥人、能服从人指挥的中坚分子。

演讲不是一件难事，演讲后，要成一篇满意的记录，是大难事。不一定记录者技术关系。说给人家听，是一回事，写在纸上给人家读，另是一回事，而况记录者加多一两字，减少一两句，便会大大的走样。我便蓄念写一篇文字作为我对青年诸君的总贡献。

自从华大演讲以后，连日早晨，就来了一大群男女学生要求谈话。所提出的问题，有关于时局的，有关于青年服务方针的，有关于乡村问题的，有关于职业指导问题的，有关于婚姻问题的。尤难得的，倒是男女婚姻问题，他们肯这样坦白地提问，一天同时来了二十多人，累得方刚小小的寓庐不够坐，大家席地而谈，却也别有风味。先后来谈话的：张铸国、王懋琪、孙相敬、龚让揖、钟远辉、张绍英、蒲书、洪恩溥、唐洪谟、陈偓辉、袁玉清、万龙祯、盘仕珍、傅裕光、曾庆璞、崔秀兰、欧志云、蔡尔莹、张启钰、乐进德、张镇国、易铁夫、段盛恩。

薛涛井

二十九，方刚夫妇陪游东南城外薛涛井。这里改造做一个简陋而又毁败不堪的公园。薛涛不过是一千年前能写几句风花雪月的妓女，妓女的生活，与其说可耻，还是说可怜，就为薛涛略略能诗，便轰动了当时豪贵，大家以能替薛姑娘捧场为阔。这位女校书却也有相当的风格，不是乱来的。

怎样踏进社会的门

午后一时四川大学文学院学生邀讲——《今后教育者的新使命》：（一）教育的目的。在用教育方法，来解决那一地那一时的中心问题；（二）中国的中心问题是大众生活；（三）中国兴新教育三十多年对这中心问题尚少贡献；（四）现时的新中心问题是国难；（五）解决国难问题，还该从解决大众生活问题下手，至少须同时下手；（六）教育须认清对象是民众；（七）教育的功能须替受教育者谋出路。

二时半公开演讲了。教育厅就四川省党部召集，李厅长伯玉（为纶）主席，到者多数怕是初中以上各学校教育员和学生，还不止一千五百人。吾讲——《吾们怎样踏进社会的门?》（一）人们一生碌碌究竟工作的对象是什么呢？为己呢，还是为群呢？（二）社会究竟是怎样的东西？（三）青年在社会里占什么地位？（四）究竟是社会关着门不让我们进去呢，还是什么？（五）踏不进社会的门，该得什么结果？（六）是否人山人海的门以外，另有比较清静而反比较重要的门？（七）要踏进社会的门，须得（1）不要太胖。志大言大的人们太胖了，挤不进门的。（2）不要戴近视眼镜。只看见自己，不看见别人，这种患近视病的人，摸不着门的，摸到了也不让他进去的。（3）身上不要带肮脏，社会倒底好洁的。要是满身肮脏，不让你进去的。就是给你硬挤进去，还要撵你出来的。就使当时没有撵你出来，到几十几百几千年后，说起你肮脏，还会讨厌的，还会把你肮脏的事迹，很深深地刻着印着在书本上永不会磨灭哩。

PCF 的来信

隔了几天，忽然接到一封信，署名 PCF，这是一位有思想有血性的青年的呼声，他所说的至少是一时代地方的青年的真实现象，读了使我大大地感动。把它全录在下边：

炎培先生：

你的今天午后在省党部里的演说，很使我感动，在当时，几乎使得我流下泪来。

不错，你的话句句都是真实的，而这些如金玉般宝贵的言辞，我们没有在我们的教本中发现过，也没有从教师们的口中听出来；却从一位不远千里而来彼此陌生者的先生口中获得，这真使我个人分外感激而且异常高兴。

中国青年知识分子出路成了问题，这是谁也看清楚了的事实。青年们自身也深深地觉得，六七年来努力的结果，少数人因幸运而登上天国，多数人却成了人生战场上的败将。这些败北者，因了这个打击，对于现社会便深深地感到不满而高唱着社会恶劣，人生灰色了。

这种恶运，完全归咎于青年们自身，因为他们自己不知道把自己位置到社会的某一角，却都怀着美好的梦，向都市里跑，于是，都市的饭碗便形成粥少僧多分配不均的现象了。

这便是青年们所谓的失业。

然而在另一社会里——农村，正需要着青年知识分子来发挥他们的才能的时候，却没有人问津。这理由很简单，农村社会在青年们的脑海中没有当成一个观念而保留着的缘故。因为他们所认为的社会，只是资本主义经济重心的都市。

中国农村民众的痛苦，以及一般平民的痛苦，并没有打动青年们的心坎，他们的享乐使得他们忘了别人的痛苦，而背叛着良心活人。甚至于使自己也变成这般人身体上重压的重压（自然，这是少数），这是现代青年的悲剧。

青年知识分子回到农村去，也居然不顾一切地当起什么区正、保正，又土豪劣绅的手段，又鱼肉起农民来。对于这，黄先生怎么说呢？

在万人痛苦颠连的时候，一个人，尤其是知识分子的青年，是不应该自己享乐的。然而，大部分男女青年却是如此：对于这，黄先生又怎么说呢？

我眼睁睁地看见比我们先进的青年朝死路上去，但是有什么办法呢？我不是一呼云集的英雄。

为了这些，也是我写这信的理由，以极大的热情要求黄先生：

(1) 黄先生在没有离开四川之前，多写几篇关于青年修养的文章，尤其是人格的修养，指导我们四川的青年，并说明四川青年今后应走的方向。

(2) 这些文章在成都报纸上发表，并请他们愿意为边远各地小报纸转载。

(3) 苗可秀的两封信，黄先生一定请厅长用方法印出来，寄送给四川全省中级学校的男女青年。

(4) 先生离开四川之后，也请多多写些关于青年自身各种问题的文章，并一定在四川报纸上发表。因为刊物的读者，在青年知识分子中仅仅是少数。

上面四项要求，我是为了四川青年的幸福及时代的任务而冒昧呈述的。先生若是不忍心看见四川青年坠入自私自利个人主义的深渊中的话，就请允许了吧！

末了，请先生恕我唐突，我深引为歉然的，是：先生在百忙里花了几刻钟，读这陌生者而来的无聊的信。

就此敬祝先生

健康

PCF 上

谁表同情于民众呢？

三月一日，中央陆军军官学校成都分校李明灏主任函招演讲，操场环立着军官三千五百人，讲题《团结生产与国防》。把三点发挥完了，还加上一段，全录在下：

兄弟还有一点意见，要提供诸君的，中国有一个很大的问题摆在面前，要是没法解决，一切都没有办法。是什么问题呢？就是诸君天天读的中山先生遗嘱上所说的“唤起民众，共同奋斗”八个字。兄弟以为这八个字确是我中华民国起死回生的圣药。国难到这地步，还能光靠政府么？能光靠军队么？能光靠少数知识分子么？兄弟知道诸君将来工作，不是担任军事，便是保卫地方，训练民众，处处要和民众发生密切关系的。希望诸君见着这些民众，须认清这些就是国家和民族的基本分子，不要当他们是无知无识无力。要知道他们就是中山先生遗嘱上所说的要唤他们起来共同奋斗，才可解决国难问题的民众呀！因此必得表同情于他们，要可怜他们，爱护他们，帮助他们，而且还有一层要记好的：诸君的饷，以及我们的衣食，都是他们的血和汗造成的呀！

那天晚上，作孚和陈益廷邀观川剧：（一）数椿三祭；（二）情探活捉；（三）蔡伯喈故事（忘剧名）。川剧的音调，和秦腔同是急激而高亢，其中怕有相联的关系，他们唱皮黄唱昆曲，都别有风味。

大四川的青年

四号，四川大学任叔永校长（鸿隽）招演讲——《大四川的青年》。（一）我所有意见，与其贡献别方面，宁贡献给青年。（二）试把全世界眼光看中国，把全中国眼光看四川。（三）我不愿说四川是天府，宁说四川的前途绝大危险。（四）有全中国全世界的眼光才配研究四川问题。（五）处处着眼全社会，他所做的功课才有意义。（六）有目的有组织的课外活动，这就是功课。（七）川大学生还须负特殊使命，就是研究西南边疆夷务界务诸问题。（八）今日的大学生还须负特殊使命，研究国防需要，如机械学、化学等。末了，还允许学生约期谈话。

从五号起，午后到川大和诸生谈话，前后共三次。诸生姓名：谢平、夏顺均、张宣、雷家勋、李启伟、何海然、江序丰、喻铭勋、郭士尧、刘成治、蔡彰淑、杨守朴、彭贯琼、黄开富、张问之、徐师干、柯柏材、胡在邦、柳阶平、严泽、杨儒垣。谈话要点：一、西南边务问题；二、乡村建设的障碍，大原因在帝国主义的侵略；三、温和的社会主义在中国的关系；四、中日战祸爆发以后的经济状态；五、精神物质两主义的调和；六、中国领袖问题的障碍；七、中国民族复兴问题；八、宪法问题；九、青年思想的趋向问题；十、国难中学生工作问题；十一、妇女出路问题；十二、知识阶级结合到民间去；十三、民众组织问题；十四、吾人如何参加政治；十五、好人不得闻政的原因；十六、农的前途；十七、职业学校出路；十八、日本绝对不能亡中国的认识。我还从诸青年嘴里知道了不少四川地方状况。末了，赠诸生一个“大”字、一个“实”字和“人格”两字。所有我和两个大学青年谈话，方刚都在座参加的。

成都不少老前辈，最著名的五人，川人尊为五老，就是方鹤斋（旭）、徐子休（炯）、刘豫波（咸荣）、尹仲锡（昌龄）、曾焕如（鉴）。中间子休先生二十年前见过，惜我入蜀时先已物故。豫波先生年七十九，矫健和壮年人一样，与方刚往来甚密，以前和我几度通言，这回始得晤面，承赠诗，答赠一律：

历劫津梁老不疲，惯从旧学发新知。
文翁何必州官日，子美空留广夏诗。
愁对山川号天府，惭看子弟作人师。
我闻人外原无道，老释耶回一贯之。

六　川北行

成都至剑门纪游

四川风景，称“四天下”：就是“夔门天下雄，巫峡天下奇，峨眉天下秀，剑阁天下险”。前两地是必经之路，既入蜀，当然看到。峨眉山名满天下了，就是剑门关很容易给人家忽略。我呢，风景一层，当然也是注意，同时还想到川北民生那么那么痛苦，通南巴一带交通较不便，从成都经绵阳到剑阁，也是川北的一部。公路新开通，是难得的机会，总想去看一下。川大文学院杨伯屏院长（宗翰）游兴很好，旧友郭子藩（维屏）专研西北问题，现任成都军官分校教官，二君有同样感想，方刚漫游四川西北部，但这条路线还没走过，四人相约定，得建设厅赞助，向公路局借得汽车，八号晨七时半行。

出成都北门五里过驷马桥，司马相如题桥处，过凤凰山，像张着双翼，飞机场就在下边；过天回镇，唐玄宗避乱由陕入蜀曾驻过，所以李白诗称："天回玉垒作长安。"过新都县，计行五十里。沿途碧绿的大麦，黄金色的油菜花，疏疏落落的竹篱茅舍，轧轧作响的人力车坐着两三妇女，穿着乡村公认为顶漂亮的服饰，劈面经过，一切宛像家乡风景，就只是添上参天的大树和一座一座新建的碉楼。新都北去，过弥牟镇，亦称唐家寺，相传有旱八阵图，如果是武侯遗迹，可见当时一面防吴，一面还防魏哩。没有下车去看，就"不予深究"了。过一大规模的丛墓，名万人坟，张献忠杀人埋在这里，这不过是一部分。八十六里过广汉县，旧名汉州。过金雁桥，下边是雁江，就是沱江的支流，清澄澄的水也从都江堰分来的，"饮水思源"，怕大家还在念李冰父子哩。于市街见一里门，题为劳工宿舍。一百四十一里过德阳县，孝子姜士游故里，三国时能以辩才抗敌的外交家秦宓故里。过孟家店、黄许镇、鹿头关，关在鹿头山上。从这里向南全是成都平原，以上便是重重叠叠的小山了。子美诗："鹿头何亭亭！是日慰饥渴。连山西南断，俯见千里豁。游子出京华，剑门不可越。及兹险阻尽，始喜原野阔。"子美由北而南，恰和吾辈行程相逆。百十个壮丁，个个用绳连系着，兵士背枪前后左右押送，自南而北，和牲畜一样，沿途见过三起。过落凤坡。二百十一里至罗江县。古称万安，玄宗到这里，他说："一安且不可，况万安乎！"今改名。三郎大概觉悟了。可是都城长安名称，为什么不改呢？过皂角镇，到绵阳县，共行二百七十六里。一路向北偏东行，时已午十二时半。

第十三区行政专员兼绵阳县长旧友鲜特生（鲜于英）相见，吾说："一路来见公路筑得很好。"他说："这是老百姓血泪筑成的。"问一队一队壮丁，用绳捆着，押到哪里去？他说："怕是西北运粮去的吧！"绵阳在涪江西岸，今专员公署，即旧时绵州州署。欧阳文忠父为绵州推官，文忠就生在这里，旧有六一堂作为纪念。全县人口四十余万，一年征田赋十一万余元。但民国二十四年分一年征至十二年，共一百十余万元。内三月以前，先由防军征过两年。省政府成立，征正税一年，军费三年，保安队费一年半，硐路工程二年，公债一年，地方附税一年半，共十二年。二十五年分可希望减征到十年。

成都至剑门纪游（共十四首）

（一）

长路关心剑阁遥，出门五里便题桥。
谁将竹实分蝼蚁，双翅云张凤岭骄。

（二）

轧轧车声竹外过，海疆风物比如何。
青青大麦黄油菜，只羡参天古木多。

（三）

新都惨绝万人坟，广汉劳工舍列云。
金雁桥边沱水碧，二郎一路念奇动。

（四）

鹿头自昔状亭亭，云树蒙茸到眼青。

子美南来吾北去，一编恰似路曾经。

（五）

十三层塔德阳来，杰阁文光夹道开。

三百壮农编一串，石壕白昼岂胜哀。

（六）

自昔罗江号万安，郎当声里识艰难。

故都未改长安号，察及缌功昧本原。

川民的负担

这次到四川来，第一使我难过的，觉得老百姓还是太苦。田赋一项，吾们已经知道，从前防区时代，各军队直接征收，大都征到民国几十年。民国二十二年成都县已征到民国六十八年，见民间意识社出版《贪污土劣与四川农村》一书第一三〇页。闻最多要算广元县，某军驻扎该地，征到民国一百年。——自从去年省政府正式成立，整理财政的结果，民国二十四年度定为田赋正额一年以外，带征临时附加军费三年，保安队经费一年，善后公债一年，计一年共征六年。全省一百四十八县中，贫苦的边县及曾陷入匪区各县，分别减征。有减为五年的，如北川、茂县、汶川、松潘、理番、汉源、盐源、天全、盐边。有减为四年的，如安县、营山、巫山、巫溪、荣经、兴文、峨边、屏山、马边、雷波、叙永、盐亭。有减为三年半者，如荣县。有减为三年者，如秀山、酉阳、黔江、彭水。有减为二年者，如江油、蓬武、平万、梓潼、万源、城口、西昌、冕宁、会理、越嶲、古蔺、阆中、仪陇、苍溪、南部、广元、昭化、通江、南江、巴中、剑阁、达县、宣汉。有减为一年者，如彰明、芦山。有全免者，如懋功、昭觉、宝兴、宁南、崇化。所称一年正额，有仅几百元的，最少如理番一百五十九元，盐边一百二十一元。其余九十三个县，一律征六年。以上二十四年度额定田赋收入共银四千二百七十二万余元。而实际上各县不止征六年，有带征地方附加费一年或三年的，有带征保甲费一年的，有带征碉路工程两年的。还有另定分担方法的，例如峨眉县保甲费一万八千元，系向主户摊派。就我所到各县访问县长、区长，大概一年总须征七八九年及至十年以上。当然，比从前已整理减少些了。已经有数目字可稽考，已经明白规定用途。

究竟这田赋老百姓方面怎样分担呢？此问题能答的很少。据成都父老告诉我：系以一百亩为单位。此一百亩，前清征银六两，民国初年，改征十六元，防区时代加征为三十元。此为一年，称亦一征。如一年征六年，即须一百八十元。征十年，即须三百元。一月征一年，即须三百六十元。以一百亩分担，每亩摊得三元六角云云。但此是一部分状况。各县有少于此的。但多于此的也着实不少，总之骨子里非常混乱。各县但知全县额定田赋多少，如最多是荣县，二十二万余元；第二泸县，十九万余元；第三安岳，十七万余元。此定额如何分担，不可究诘。有特殊势力的，田多而粮少。否则田少而粮多，有年年纳粮而不知田在何处的，名曰飞粮，亦曰飞田。此特殊势力者应纳之粮，名曰特粮。伟人应纳之粮，名曰伟粮。总之力不能抗粮，则有力者所抗之粮，即加在此辈身上。伟粮特粮，皆摊在不伟不特者身上。所以究竟多少田应纳多少粮，此问题虽田主也没法回答。

田以“亩”计，仅成都一带如此。像巴县一带以“担”计，永川一带以“挑”计。吾进而考察田主的收入，原来川省佃农纳租方式，亦甚复杂。其一分租，大春所获农产（大熟小熟，川省称大春小春），各半分收，小春全归佃农。其二蔫租，该田额定交租籽若干担（此额定大约占实收半数。亦视压金多少加减之）。仍视年成丰歉，由主佃协定收租成数，大约七八九成不等，足成的很少。其三乾租，专纳现金，其数量亦视收成丰歉，由主佃协定。其四呆租，或金或款，在召佃前先行协定，不以丰歉增减。至于压金，每租十担，约一百元。但担数多则略减。而川省所称“担”，实与他省不同，一担须合三百斤至四百斤。上开情形，如此复杂。殊不易查知纳税与收阻之比例。但悉每租一担之田，十年前价银一百两，合一百四十元。今已跌至六十元，尚无人愿买。

川省农村都系小农，据称自耕农实居多数。就大体看来，赋额实较他省为轻。所称正税一年，以视农家收获“什一”之比例，似乎距离尚远。但加上七八九倍及至十倍以上之多，则已超过田赋素重的江浙。关于田赋，摆在面前的几个问题：（一）须严禁飞田、飞粮、特粮、伟粮、飞免的种种恶例。（二）各县用款不得动在田赋项下摊派。现时川省各县兵灾匪祸的善后，治安的维持，各项工程的兴作，上级但督促举办，对于筹款方法，每听各县自行办理。县府计无所出，取其办理方便，唯有就田赋附加，以致各县呈报拟定附加，较之一年正税定额，其超出之数，秀山县十四倍半，峨边县二十九倍，盐源县三十四倍，北川县五十五倍，雷波县直达七十三倍（该县一年正税额410元，拟定附加30.407元）。此虽尚未定案，亦可见田赋正附税今后尚不少增加之趋势。对有田而不自耕的田主，在社会政策上，如何重征，自是另一问题。但川省多数既属自耕农，步步加重，不惟民心向背问题，且恐负担过于其能力，势将影响生产，等于杀牛取乳，实有加以限制的必要。

欲加限制，须先查明现时负担状况。若普遍调查，不知何年告竣。吾意为急求明了，可采用标准调查法。其法取全省一百四十八县，除去有特别情形及曾经陷入匪区各县外，就散步各方而认为可以代表川省普通状况者指定若干县，——假定十县，每县就认为可以代表该县普通状况者指定若干区，——假定五区，每区指定自耕农一百户，按照预拟表式，分头查填，此表须包含该户一年间：（一）生活需要数量；（二）生产数量；（三）田赋负担数量。依此五千户平均计算，如第二数减去第三数，尚未低于第一数，便无问题。如不足若干，即可测知负担过于其能力若干？即是应轻减若干？得此结果，然后从财政上设法节减支出，或另筹增加收入，即使一时不能如数轻减，亦可分年渐减至合度为止。此为吾对行政当局所贡献意见的一端。

柳沟的大柏

午后二时半渡涪江北行。人行桥上，汽车用船渡。四百零六里过梓潼县，有迎险送险亭。北行从此多险，故称迎险；南行从此出险，故称送险。七曲山为文昌帝君张亚子所居。过郎当驿，玄宗到这里，闻雨中塔铃有声，问黄幡绰铃何语？答"三郎郎当"。就制一曲，名《雨淋铃曲》。过武连驿仍北行，到柳沟，属剑阁县第五区地，时已傍晚五时，忽十几丈大柏一株横仆当路，把车挡住不得进，大家下车察视结果，除雇工役拽开，没有别的法子。伯屏、子藩守车，我偕方刚折回二里许，到柳沟村访方区长拟请招工役，带工具，拽开大柏，不意觅区长不得，久之又久，才招到区员唐兴林，又没得工具，久之又久，才觅到了。到出事地点，天黑了。乡人来围着看的一百多，都愿效劳，但人多手杂，用力不一，丝毫没有能动。乃用分工合作制，分配工作，一人站高处司令，却还是丝毫不动。嘱大家暂丢手，重新观察设计，先令几个人锯去插在水泥中的横枝，几个人掘去根下泥土，首尾稍稍凌空，乃利用中心一支点，而令若干人拽它的根使右，同时令若干人拽它的梢使左，仍以一人站高处司令，口号一发，众力齐施，居然把大柏拽开了。可是时间已过九时，乃匆匆出酬金交唐区员代发，冒黑夜前进到剑阁县已十二时了。县城靠着山脚，前临大溪，城门早紧闭了。叩门，初时没人应，却从月光下发见欢迎吾们的标语。再三叩，才开门，入专员公署，晤第十四区专员兼剑阁县长田湘藩。自成都到此，五百六十六里。

九号四时半，天未明，起身。对干部训练班，聊保主任，隧长，各学校男女学生，教员，各机关职员二千人演讲——国民与人格。田专员导观两级小学，民生工场，监狱，干部训练所，警察所，保安处，荣场。（尚有医院未及观）县城去年为匪占住四十天，临去，房屋多被焚毁（或云匪去后才被焚毁）。今已多新建筑。门牌一新。街民都自扫地。很小的山城，有戏台五所，虽已大半倒毁，想见当时物力的富厚。

剑阁县分四区，四十联保，三百六十三队，三万九千七百九十六户，二十七万八千三百四十六人。内男十四万二千九百零六人，女十三万五千四百四十人。壮丁三万零七百五十人。

剑门天下险

十一时，田专员陪游剑门关，此路即通昭化、广元入陕西境。政务视察员萧立真同行。自入剑阁境，男女老少多无完衣，患眼病者甚多。田专员说，从绵阳到剑阁筑公路不到一个月便成。征工不给工资，也不给饭。自剑阁县以上，皆向上行，路更陡。将近剑门关处，远望诸峰排列如牙齿状。自成都来，鹿头山以下皆平原，从那边到剑阁，皆丘陵性的小山，剑阁以上，峰峦峭拔，恍惚别一世界。先至剑门关镇，再上到剑门。门阙和龙门一样，只没有伊水；山壁和三峡一样，只没有长江。东西连峰各长七八十里。两边峭壁都是子母石叠成，方知千万年前，这地还淹在海水里。周围多古木，时时听到泉水声。剑门关的顶，是一片平地，东西长七八十里，上边产黑耳子是输出品。另有间道，叫小剑门，但已不可行。去年匪从通南巴西窜，过此，前后夹攻，川军两团尽死在山谷里。沿途民众，多背着粮食赴甘肃文县武都西固一带售卖，络绎不绝。从此到陕西境，仅一百四十四公里。寒风细雨中摄影以为纪念。正在徘徊眺览的时候，筑路工人见专员来，群起诉苦，专员一方面用好言安慰，一方面匆匆上车即行。过姜维庙，已毁。归途过剑阁县，田、萧皆别去。

剑门行

飙车上阪扶摇势，峰回迳逼不可制。坡陀行尽变山容，铲天叠嶂白日蔽。砉然双阙摩云开，当门巨石何崔嵬。谁欤辟此五丁锤，辟成小迳容身才。直疑太华崖擦耳，视彼夔门犹恢恢。其旁小剑门，丸泥封荒莱。别径不许扪苍苔，除却飞将从天来。摩擦绝壁惊奇采，大小母子石磷礌。高崖百丈皆磊磊，谁荡成圆压成魂。始知过去万千年，此地滔滔犹大海。出关千里秦陇行，插空万剑天为惊。迎面诸山尽北向，随阳独雁犹南征。岩岩天险正多故，有关不守真庸孺。我闻昨岁赤熛怒，当关奇扼官兵住，虫沙猿鹤悲无数。

筑路工人的呼声

重过柳沟停车处，被征的工人正在修路，识得昨夜客车，殷勤慰问。某工人四十七岁，诉称："吾们都是穷人，做一天，吃一天。农忙时候，不让种田，硬要我们做工，既不给钱，又不给饭，我们哪里来余粮，还不是向四邻凑借了几升米，扛着走，走了六十里，才到这里，现在米吃光了。工还没有完，不让我们回去。要饿死在这里了。先生！什么办?"

征工筑路，中央法令被征者住居距离工作地点的远近，被征者每年工作日期的多少，都有限制。闻蒋委员长电川省府，主张筑路须分别缓急，工人口粮必须给发。何以上边的意思和下边的事实距离那么远，这怕不能不认为行政上一大问题吧！这问题闻川省后来已有相当解决。

赶集，见有人售土布，纺织染皆自办。问近年手工纺织业状况？答从前手工纺织甚发达。今则三家中仅存一家了。

过武连驿，游觉苑寺，壁书佛像，相传吴道子手笔，很不像，但亦非凡手，设色不退，衣褶生动，惟开相少变化，似在庙内画壁之下。碑刻颜真卿为"逍遥楼"三大字。又一碑刻陆放翁宿武连驿诗，附民国元年十月知剑州事张政和诗，末联："酹酒陆生应莞尔，中原光复已多时。"跋称："放翁时，南宋偏安，常愤中原沦于异族，光复之志，屡见诗歌。武连此诗其从军汉中归途作也。"访问张政已物故了。

过梓潼，县长韦见凡率僚属用乐队遮道相迎，天晚，未下车。昏夜渡涪江，八时到绵阳。

不能托庇于人而托庇于神乎？

十号晨七时鲜专员偕第四十一军（军长孙德操）参谋长夏仲实（首勋）召集中小男女学生、军官、干部训练班，一千五百人听演讲——《团结，生产与国防》。伯屏、子藩、方刚继续演讲。绵阳等县红灯教作乱，见各种文告，内容是诉苦，反对抽税、征工、征粮。动机是迷信，说真命天子出来了。闻已演出杀人放火等事。吾们归后不到十日，成都到绵阳的公路，有若干时间竟不得通。后见成都报纸叙述当时情事："绵阳附近各县，如三台、射洪、遂宁、盐亭、彰明、梓潼、罗江、平武、北川、安县等，十余年前，即有红灯教，初则为人治病，继则聚众深夜演习邪术，操练大刀，谓吃符水后，刀枪杀不进。一则乡民迷信甚深，一则乱世人民生命财产，法律既无保障，转而托庇神力，渐染愈众，……昨春赤匪突破嘉江，江油、梓潼被困，守城官军利用教匪反共心理，与以别动队等名义，令其牵制匪军，其势益盛。……近适义务征工，绵阳首办。派送夫役，较各处为多。修筑碉堡，操练壮丁，各项新政，同时并进。该匪利用人民愚昧心理，揭竿而起。二月二十日已于绵阳魏城附近啸聚八百余人……二十二日专署派保安副司令前往查看，匪首朱少光已调集各地教匪二千余人盘踞飞龙山等处，自称大元帅，遍贴布告反对征粮、修路、筑碉，操练壮丁，并将各地电杆一律砍倒。派往送信之人亦遭杀害。二十三日焚烧联保主任房屋，猛扑保安队，阵亡特务长一员，士兵九人，重伤分队长一员，士兵六人。并攻进区署，第三区杀死书记一员，区丁二名，重伤区员一人。区长任烔亦负重伤。……”（四月二十六日《新蜀报》）

过新都游宝光寺，玉佛一尊，来自缅甸，美妙庄严，吾所见玉佛以此为最了。正殿额乾隆庚申岳钟琪书“觉悟群生”四大字。

下午四时回成都了。

这回旅行，来回虽只三天，但已看到四川不少的地方真相。要说四川那么那么富，不如先说四川民众那么那么苦，要说四川前途那么那么有望，不如先说四川前途那么那么危险，似乎这样说来，比较确切些，心上较平安些。

成都至剑门纪游（共十四首）

（七）

六一堂留一宿缘，解装日夕念前贤。
忍从表墓文章里，重忆呱呱堕地年。

（八）

绵州城外水萦纡，其地其人磊落俱。

九百年间稽政绩，功名前后两鲜于。

（九）

一亭送险兼迎险，千里悲欢总为君。

北八站连南八站，北贫南富此中分。

（十）

逍遥楼额出真卿，几辈题诗记驿程。

谁识放翁家国恨，戎衣早岁策功名。

（十一）

梓潼山曲灿文霞，武侯坡边闻怒笳。

地号柏人行不得，柳沟落日客停车。

（十二）

借得升粮百里趋，工艰粮尽一长吁。

豪门车泽千夫瘁，民路功成万骨枯。

（十三）

溪回犬吠出遥村，林尽镫明见石根。

斗大山城云锁着，趁将月色夜敲门。

（十四）

惟天设险剑门雄，一迳丸泥信可封。

此去迢迢接秦岭，矗天万笏入云中。

七　重庆与北碚

十三日因事从成都再坐飞机赴重庆，方刚母子从飞机场送别才回家还没多时，便得我从重庆所发平安电报。

田园会

重庆青年会，会务很发达。购有公园路地，建筑会所，讲堂，宿舍，图书馆，体育场，等等，规模宏大。职员宋杰人毕业华大，曾受学于方刚，殷勤招待。因问青年会筹款方法，杰人告我许多热心家组织田园会，实为捐款最大来源。索得二万元田园会会规，内容如下：（一）首会约庄会五人，每庄会约散会四人，连同首会共二十六人。（二）庄会五人，每人每年交银四百元，连交三年为止。散会二十人，每人每年交银一千二百元，连交三年为止。（三）每足一年，不分庄散，一律抽签摇会，得点最多者，收银二万元。收后每年填还四千元。首会收后不还。但负办理会务及预备筵席之责，至终了为止。（四）庄散摇得后从第一会起，十二会止，得会者均连还六年。第十三、第十四得会后还五年。第十五、第十六还四年，第十七、第十八还三年，第十九、第二十还二年，第廿一、第廿二、第廿三还一年，第廿四、第廿二五不还。（五）凡摇得之会友，须有相当价值之田房过户作抵，并有人作保，始得领取会款。（六）每期收入，除二万元归摇得者外，余款交各会友公举之监察二人所组成之保管委员代放生息。以息金所入，并归摇会之用。此为田园会会规。照此办法，以收抵支，直至终了，可有盈无绌。青年会为首会可得二万元。同样者八组，合得十六万元。这是从自流井传来的方法。中间有一必要条件，即经办人须负责任，得各方信仰。这不是法的问题，实是人的问题。重庆青年会总干事黄次咸确备具这资格。

巴蜀小学，是重庆著名的优良小学。四十四军军长王治易（缵绪）所捐办，吾友周勖成为校长。前去参观，处处见不苟精神。直使我疑到二十年前杨月如、俞子夷的小学教育，在今日四川地方复见了。

十四日参观重庆大学，吾友胡春藻为校长，杨公庶为教务主任。设文理农三院，校在重庆市北三十里沙坪坝，东对歌乐山，下临嘉陵江，校址千余亩。有山有林，环境幽美。全校学生一百六十人，招我演讲——（一）大学生须静悄悄地研究，（二）须活泼泼地办事，（三）须热烘烘地对人。

谁的四川？

青年会公开演——《谁的四川?》听者千余人。大意是——过去的四川。是谁的呢？只可以说是军人的四川，是土匪的四川。未来的四川，将成谁的四川呢？日本人从长江来，可变成日本的四川。英国人从西藏来，可变成英国的四川。欲把四川确实造成中国的四川，必须把四川确认为四川五千万民众的四川，且确认为中华四万万民众的四川，而下手第一步必须人人认为是我的四川，大家切实负起责任来，才得。

重庆市属巴县，位于嘉陵江的西边，其东边属江北县。十七日县长范英士邀往演讲，听讲者各中学师范学生及各校教职员。我讲——《长江的前途》：（一）长江的富源；（二）长江的交通；（三）长江的水患；（四）长江的外患。如何救济？（一）生产；（二）团结；（三）科学；（四）国防。

人肉每斤五百文

我们要游嘉陵江了。坐一条小汽船，逆流而上，不久就看见电力厂、自来水厂。重庆到底比成都现代化得多，总算有几个正在出烟的烟囱。望上就是浮图关，再上就是歌乐山。再上就是磁器口，是磁业的中心。已闭歇的丝厂五六家，撑着枯骨式的烟囱，供游客的凭吊。这一带辉煌灿烂的金碧楼台，着实不少。都是二十年来有功内战的大军人领袖把他部下血战得来的“血钱”堆积而成，供他们享福的所在呀！可是就在我游嘉陵江的一天，——三月十八从重庆《人民日报》读到一条新闻：

北川人肉每斤五百文（北川通讯），北川县属片口场，早传有食人肉之事，迄未证实。近有省振会特派员王匡会同该县人员赴片口场视察，即在该场萧姓宅中，发现女饥民张彭氏、何张氏、陈顺氏等围食死尸，并在床下搜获人骨无数。当将该三妇拘送县府。该场尚有张义学者，以人肉冒充牛肉出售，价格每斤五百文，尚未拘获。已经拘获之四人，业经北川县政府审讯，俱各自供挖食死尸不讳。记者亲见此三妇肌肉焦枯，不类人形，供词如次："何张氏：今年二月才到片口我侄女张彭氏家里住，我们也是没有吃的。我们饿得没法了，才挖死人吃，都是已经烂了的。我们一共吃了六个人，五个一二岁的小孩，一个大女。张彭氏：到片口有四年了，我们本来种地，昨年十月我丈夫死了。我才捎菜卖菜过活，今年都不能了，我四个孩子死了三个，这次在路上又死了一个。我们先还有草吃，后来都吃光了，没办法才吃死人。陈顺氏：我今年正月才到片口，也住在张彭氏家里。我一家八个人，都给饿死完了。我也饿得挨不过，才跟他们吃人。堂谕：着交联保主任暂行看管。

这条新闻，恐怕嘉陵江上神仙宅里先生们不要看的，看见也当作没看见的。读者诸君！请大家闭着眼想想嘉陵江上的神仙宅，再睁着眼读读这条人类社会珍贵的新闻。

这嘉陵江上沿途风景，两岸都是浓碧的色彩，像老翡翠一般，也不算顶高的青山，中间夹着一条透明的绿水，如果把长江下游风景来比，很有几分像浙江的富春江。细细看来，同是极度的美丽，但富春江带些柔性，这嘉陵江怕不免带些刚性。

卢作孚的奋斗史

我们坐的小汽船是从早上六时半动身，午后一时半便到目的地——北碚。这“碚”字什么解释？很大很大的石块平铺着和地面一样，就叫作“碚”。所以我在峨眉山曾发明“雪碚”一名词呀！

历史是活动的。有许多“人”，昨天是无名小卒，今天便是鼎鼎名流。“地”何尝不这样呢？诸君从普通地图上找“北碚”两字，怕找遍四川全省还找不到。可见这小小地方，还没有资格接受地图编辑专家的注意呀！可是到了现在，“北碚”两字名满天下，几乎说到四川，别的地名很少知道，就知道有北碚。与其说因地灵而人杰，还不如说因人杰而地灵吧！原来北碚是嘉陵江上游巴县、江北、璧山、合川四县交界地点，在八九年前，满地是土匪，劫物掳人，变做家常便饭，简直是一片土匪世界。现今鼎鼎大名公认为建设健将卢作孚先生，原来是教育界一分子。先在川南道道尹公署当教育科科长，后在成都当通俗教育馆馆长，他是合川县人。在土匪遍地的家乡，当然是看不过去，也难得现当四川省主席的刘甫澄先生（湘），在那时早认识他有特殊能力，便委任他当四县联合的北碚峡防局局长。卢先生不慌不忙，施展他的全身本领，联合他的同志，第一步训练民团，第二步搜剿土匪，土匪肃清，客匪便走不进去，不上几个月，把杀人放火的匪窝变成安居乐业的福地。据当地人讲，有几次与匪苦斗，卢先生还冒着不少不少的危险哩！从此地方老百姓感戴这位卢局长到五体投地。卢先生却豪不矜夸，毫不骄傲，联合他的同志，还是刻苦奋斗，不断地训练民团，感化土匪，他们的口号：是化匪为民，寓工于兵。匪受感化复业为良民者不少。团丁呢，做筑路、淘滩等工作，把地方所有文化、教育、经济、卫生各项事业，不上几年建设得应有尽有，有小学，有中学，有报社，有图书馆，有博物馆，有公共体育场，有平民公园，有地方医院，有民众会场，有农村银行；有科学院，名中国西部科学院，其中有地质研究所，有生物研究所，有理化研究所，有农林研究社。卢先生还是不矜夸，不骄傲，联合他的同志，不断地刻苦奋斗，他早着眼到嘉陵江的航业，扩大到长江上游，由上游而下游，到如今民生实业公司有轮船四十多条，附设机器厂，电灯，自来水厂，染织工厂，消费合作社，他如北川铁路公司，天府煤矿公司，都投资合作。卢先生奋斗越努力，事业越发展，信誉越增加，去年政府便请他去当建设厅厅长，而他还是不矜夸，不骄傲，在不断地刻苦奋斗中。把他精神分析起来，他是耐劳耐苦的，是大公无私的，是谦和周到的，是明决爽快的，是虚心求前进的，是富于理想而又勇于实行的。

民生公司服务精神

试述一件事，民生公司，卢先生是总经理，员工共有六千多人，他们每年分红的方法，把六千多人分做五级，不问职位高低，薪水大小，但按他劳逸和功过，列入某级，如系第一级，应得花红若干，总经理这样，水手、仆役也是这样，所以去年卢先生分红得四十九元几角，列入第一级的水手、仆役每人所得也是四十九元几角。这样实行平等，怕民生以外，还不容易找第二个公司吧！他们大家认清楚，他们的出汗，是为着这一条整个的长江求出路，为着这一群整个的中华民族求出路，决不是为总经理，也不单是为股东，更说不到为他自己。有的人，情愿牺牲了大薪水，来民生公司做事，拿小薪水，简直觉得：如为个人谋发财，不配来当民生公司职工。更几乎使股东觉得：如为个人谋发财，不配来当民生公司股东。我没得话说了。在若干年前，卢先生来上海要我写一副对联，我提笔就写一联是《论语》的成句："有朋自远方来，不亦乐乎！"一联是《孟子》的成句："君子创业垂统，为可继也。"这回到四川，在北碚，在民生公司，吾还是说，卢作孚先生而能培养出第二卢作孚，公司而各个人负起责任，愿做卢作孚，将来事业进步是无限度的。如果让卢先生单独奋斗，还不能不替前途担忧。因为吾是江苏人，老实说，这样花团锦簇，盛极一时的局面，我在江苏很早见过的。吾说这几句"忧盛危明"的话，或者比没头没脑的恭维，还有多少益处吧！

今后的北碚

既参观了上边所述北碚各种公益机关，还从观音峡登岸，到白庙子上北川铁路，行三十三里到大田坎，回到后峰岩，观煤矿。回到北碚，就礼堂公开演讲，兼善中学校长张博和主席。讲题——《今后的北碚》。（一）北碚的成功在教养卫兼施。（二）领袖耐劳耐苦，大公无私，第一步得同事信仰。实际为地方造福，第二步得民众信仰。功成名立，第三步得政府信仰。今后须：（一）人人负起责任，不可专委之领袖。（二）人人以领袖卢先生之心为心，以其行为行。（三）准备拥护地方第二领袖。（四）注重基本建设。（五）注意国家大局。

温泉峡里劳动者的呼声

嘉陵江风景，在没有到北碚，一入观音峡，便觉别有天地，尤其可贵，在北碚以上温泉峡，有温泉公园，布置得着实不差，六七座山楼中间的一座，名数帆楼。坐在中间，望着碧绿的山峰，碧绿的江水，一道一道风帆，使人“悠然意远”，一听到几十位船工发出一种劳动家的呼声，又不能不想到《大路》《渔光曲》《伏尔加曲》种种凄凉意味。写了不少首诗。

温泉峡

深江峡束奔流住，幻作琉璃碧凝沍。春山恹恹云醉之，破晓初醒还睡去。山楼百丈临江开，绛桃玉兰锦绣堆。佛殿铁瓦青崔巍，琴庐磬室相依偎。藤根温瀑若泼醅，我身既澡心绝埃。善与众乐诚快哉，抱云一枕客梦回。江声泉声惊喧豗，千军万骑疑敌来。与子同仇宁徘徊，棹讴上濑凄以哀。如诉民隐心为摧，何处笙歌沸遥夕。云外楼台自金碧，嘉陵江上神仙宅。

游侣大家回去了。我真爱这温泉公园，独留数帆楼再是一天。临别留题七绝句。

北碚温泉公园三宿留题

嘉陡江水碧于油，夹岸春云懒不收。势者有声谁会得，清宵幽怨掉人讴。数帆楼外数风帆，峡过观音见两三。未必中皆名利客，探幽我亦泛烟岚。汩汩兰汤称体温，深宜池子浅宜盆。热中不尽横沆叹，沸雪蒸云出树根。小队池鱼乐自然，生机曾不碍温泉。寻常南北东西叶，现出青青火宅造。花好楼连益寿楼，琴庐磐室傍龙湫。晨庄虽小饶清稚，香面条条韭叶抽。桃花细雨锁山门，铁瓦斑斓古殿存。清绝街山学士，见无佛处且称尊。竹林深处有人家，藓洞低幽拂乳花。满袖山云寻去路，归舟餐胜下渝巴。

注：白桃花有红点的名“山学士”。

老友温少鹤集省立重庆高级商校、商会私立益商职校、私立实用高级商校、私立通惠中学，邀去演讲——《国难中之职业教育》：（一）商科旨趣。（二）自身修养。（三）国难问题：（A）经济亡国之可危。（B）统制经济之必要。

重庆国货介绍所邀往对国货界同人演讲——《国货提倡之重要性与其必要途径》。童少生为主席。

八　由内江自流井回成都

成渝间两次往返，走的是云路，这次回成都，决走陆路。四川特产，于民生日用关系最密切的，要算糖和盐。产糖中心地内江，产盐中心地自流井，从重庆回成都，趁这机会，前去略略地考察一下。

内江的糖

二十二日上午九时从重庆出发，午后三时半到内江。参加制糖厂两家，一为制白糖与桔糖的漏棚，一为制冰糖的糖厂。看它原料和出品的陈列，听它的说明，约略知道制作顺序。内江糖业最盛的年份，产糖七千万余斤，去年五千余万斤。

民国二十三年五月。四川省政府请中国工程师学会组职考察团考察川省各项生产事业，读专家曹铭先糖业报告很有系统。从他极丰富的材料中，摘取精要，录如下：

沱江流域所种蔗，为黄白色的云南蔗。三月下种，十一月收获。因其瘦小，适合于牛力石磨之用。平原田每亩可产蔗一万七八千斤。山田上等一万六千斤，次等一万四千斤。内江土性，比简阳、资阳为佳。普通田价大概每亩五十元至七十元，平原田有高至一百元的。每一蔗农可种蔗二十亩。田工每天工资二吊，长工一吊五六百文（川币一元合二十五吊）。佃户每亩每年纳租二百二十吊左右，次等田大约五元，钱粮由田主完纳。肥料，平原田年用猪粪五十担，山田七八十担，尚须用菜饼、豆饼年十元至三十元。在内江蔗田每亩肥料与工资年须二十元。种子八元，产蔗如获一万斤，值四十元，付佃租七八元外，仅余四元左右，蔗田内有时兼种豌豆，于蔗之收获量颇受影响。

制糖工厂分两种：一、为直接由蔗水熬成糖清的的糖房。二、向糖房购取糖清，经若干手续，制成砂糖的漏棚。

糖房将蔗经过牛力拖动石磨，压榨成水，流入石缸，用竹管通入铁锅，煮沸，放大木盆内，加入干石灰粉，由人力搅动，使渣滓沉淀，清者上浮，将澄清之蔗水倒入另锅内煮沸，即成糖浆。加入豆油或菜油的余渣（名为油脚子），倒入熟糖锅，经过相当时候，倒入起糖锅，糖浆即结晶，倒入石缸，徐徐冷却，成为膏质，经过相当时候，分储瓦钵内，名为糖清，亦称糖坯子。大约一亩所生产蔗一万五千斤至八千斤，可成糖坯子一千四五百斤。

漏棚（亦名漏蓬）取糖清来提炼白糖，大都预先贷款于糖房，俾充资本，而在买糖清时扣除。糖清一千斤，约须成本八十四元。（小洋）卖与漏棚可得九十一元。如需用资本，预先抛卖与漏棚，可减至八十六七元。较大的糖坊，预先贷款于蔗农，其办法略同。

漏棚收买糖清，同时向田间掘出所谓肥泥，运至棚内，将此肥泥与水掺和，铺在存放糖清之瓦钵面上，钵底有二寸半对径之小孔，肥泥所含水分，慢慢地经过糖清，从小孔流入瓦塔，糖清经泥水渗过，糖粒外层，本有略带黄色之液质，至是随泥水冲出，糖粒变为白色。此种工作，须经十日之久，为极慢度之冲洗，上层成为干泥，将泥剔去，糖粒倾放席上，经日光干晒，始可装包，为期约须半月，才成上品白糖。缸内下层仍深黄色，再用泥水渗滤，费时更多。

此漏出之水，名为元水。下半层漏出之水，名二泥水。经过熬煮，成二号糖清，再经过泥水渗滤，成二号白糖。其漏出之水，名为桔水，可熬煮为桔糖。销湘鄂一带，供药品之用。由桔糖漏出之水，名漏水，即是糖渣，通常充酿酒用。每一千斤糖清，可出白糖二百七八十斤，桔糖二百一二十斤，漏水四百四十斤。其损失约为六十斤，其生产量约仅得新式制糖的半数。

漏棚原料糖清一千斤价六十元至八十元，制造成本须十五元，总成本为七十五元到九十五元，现时出品卖价每百斤白糖约二十一二元，桔糖八元，漏水一元。表如下：

甲、成本	
原料（平均）	七十元
制造费	十五元
合	八十五元
乙、收入	
白糖三成	
每百斤二十二元	共六十六元
桔糖二成	
每百斤八元	共十六元
漏水四成四	
每百斤一元	共四点四元
合	八十六点四元

依表盈余仅得一元四角。漏棚大小不一，大的每月可炼糖二十万斤，总计盈余亦不多。唯对于原料买入，常带投机性耳。糖清含糖分，大约占百分之六十五到百分之七十，今多数放弃，变为桔糖或漏水，竟居其半，深为可惜。内江有开源制糖公司，改用离心分蜜机，能增加白糖产量，比土法有进步。（惜吾事前没有知道，未去参观。）

内江冰糖厂，不知以粗黄糖为原料，用真空蒸汽来提炼，只知用白糖为原料，成本自较重。其法将白糖溶解，每白糖百斤，用水一百六十斤，鸡蛋六枚，蛋价贵，则用黄豆浆及麻油，加入为凝结用。溶解后，将渣滓滤过，入锅熬煮为糖浆，分装入瓦钵子内，所有瓦钵，堆放石槽内。槽上层，盖以米糠，以维持其温度，十天之后，即成冰糖。余质未成晶体者，可制为雪花糖。雪花糖余剩之元水可熬成桔糖及漏水。每白糖百斤可出冰糖四十五斤，雪花糖二十斤，桔糖五斤，漏水五斤，仍损失二十五斤。由此核算其盈余如下：

一、原料

白糖（百斤）　　二十元

二、收入

冰糖（四十五斤）市价十四点四元

雪花糖（二十斤）市价　四点四元

桔糖（五斤）市价　零点四元

漏水（五斤）市价　零点零五元

共　一九点二五元

依表须亏耗七角五分，其余人工材料尚未计及。若不设法减少损失，绝不能维持。

川省产糖全盛时每年可产三百万担，内江一县产七十万担。依内江中国银行调查民国二十二年产七十八万九千担，值九百四十七万余元。

以上皆报告书中语。此专家并主张欲振兴川糖，解除种种困难，漏棚须完全采用新法。糖房则暂就土法改良。先设一新式精糖厂，规模略小，收集资州内江一带糖清及桔糖充原料，制造各式白砂糖。并主张先在资内高中学校内，附设糖业实习班，训练是项人才，以供应用。

盐井与火井

内江居成渝路线的中心，为往来所必经。自流井在内江西南一百一十里，公路未通。二十三日晨七时半由内江坐滑竿行，午后五时半到自流井。宿省银行。

四川全省盐区域，共二十六场。川南：富荣，犍为，乐山，云阳，大宁，井仁，资中，邓井关，盐源，彭水，开县，奉节，大足，忠县，共十四区。川北：射蓬，简阳，南阆，乐至，三台，蓬中，蓬遂，绵阳，射洪，南盐，西盐，中江，共十二区。自流井实即富荣场地，富顺的井灶始于晋，称自流井。荣县的井灶始于唐，称贡井。今所称自流井，包括自流井、贡井两地。分析说来，自流井即富顺东场，属富顺县。贡井即富顺西场，属荣县。富荣东场分五区：凉高山，大汶堡，东岳庙，豆芽湾，郭家坳。富荣西场分三区：席草田，苟氏坡，黄石坎。全省二十六区每年产盐总额六百三十六万担。富荣场产三百四十余万担，竟占全额百分之五十三。

全川盐税收入，全年在一千五百万元左右。附加税并计须二千万元左右。川盐行销，除本省外，原定湖南、湖北、云南、贵州、陕西五省，只因近川盐抽税过高，以致销路逐渐减少。例如鄂岸被夺于淮盐，黔岸被夺于粤盐，产销双方对勘起来，早形成供过于求的情势了。

川盐分花盐、巴盐两种。花盐分子呈颗粒状，巴盐呈粉末状，而结合成块形。富荣东场大都煮花盐，西场煮巴盐，而皆系井盐，井盐分两种，一盐泉，汲取以供煎熬而成盐。一盐岩，须先灌水，使岩溶解，而后汲出煎熬成盐。所可喜的，盐井外有火井。井中发生天然气体，可为燃料，充煎盐之用。这样天然美利，全国不易找到第二处。产盐水的井，俗称水井。产煤气的井，俗称火井。缪运使秋杰开示富荣东西两场统计：水火井东十五，西一百廿六，共一百四十一；火井东二百廿二，西一百廿八，共三百五十；水井东六十，西廿八，共八十八；统共五百七十九眼。凡用天然之火煮盐，称火灶。用炭煮盐，称炭灶。水火井又称卤火井，分黄卤、黑卤两种，以黑卤为上。无卤之井，称干腔井，西场所无有。

水井、火井都用人工开凿，俗称“锉井”，深浅不一，最深者三百余丈。凡锉井，必经过黄姜崖、麻枯崖、绿豆崖、花岗崖等等，井户备有崖口簿，记载各崖口名称及深度，以备他日修理时查考，可见极早颇合科学方法。盐水既出，即就井口竖立天车，安置地车。天车用四根或六根木柱捆缚而成的木架，高有达八九丈者。上端有轮，使入井之绳，随轮旋转，地车所以收放绳索，用四五头牛挽拽着。

井与灶的距离，几里至十几里不等。乃用大竹，凿通了节，首尾连贯，外用竹篾密密地缚住，涂上桐油石炭，用麻线缠着，拿来运送卤水，此物名“枧”。安设时，卤水入井处，必使高于出枧处，始可利用地心吸力，向远处输送。若入枧处较低，或中途山势较高，须建枧楼，高二三丈，以大木四根为柱，安设车盘，用人力或牛马力转送卤水至枧楼高处，使远处都能送达。若一楼不能胜任，有连建几座的。枧之安设与修葺，皆有专业，名枧商。枧商与井商、灶商等占同样重要的地位。

二十四日清早，坐轿到西场先观东原井，出火煮盐，有锅二百零二具。如尽量使用，可增到四百。经理宋席九。次观福临井，新凿得火，由李宗城（商会主席李云湘之侄）招待。又次观源宗井，黄与檀之弟幼庄（自贡市西场井商黄黑卤业公会主席）招待。用机吸取盐水。此机为同济大学学生广东人某所发明。制甚简单，不用齿轮。全场用机吸水者达十余家。每十分钟吸取盐水一次，每天二百八十次到三百次，每次六百斤，可熬成盐一百斤。共有五十余眼，现限制十五眼出盐。又次观隆兴井，正在用机凿井。

午后三时半始回自流井。西场往返，仅途次坐轿行须三四小时。路见柔弱的妇女，十二三龄乃至十龄左右的童子，远道挑送重担盐巴。惨极。

釜溪公园广场集合各校男女学生及民众演讲——《自贡前途在团结、生产与国防》。听者约两千人。

全埠银行七家，年共放款六七十万元。

二十五日清早坐轮回内江。路过大汶堡参观自流井新区盐岩井股份有限公司所设汲卤工厂办事处，系民国十九年联合本区各盐岩井组织而成，各井轮任管理。用机器汲盐水，共三十余井。如尽量出水，每日可出六十万担乃至七十万担。现因限制生产，仅出十余万担。每井每日可出盐一傤，即十一万七千斤。

尽两日之力，观察，访谈，下边数问题，认为有注意的必要：（一）因税收繁重与政治紊乱，致岸销锐减。不得已限制生产，使商民感受苦痛。（二）因商业的萧索，致使劳工亦受影响，酿成他们生活上的苦痛。（三）因劣盐区域的农工，未有安插方法，不能减少他们生产，致使川民有良盐而不得食，厌弃劣盐而不得不食。（四）盐为化学工业主要成分。除食用外，似宜研究其他用途，推广利用。（五）火井煮盐方法，似尚有研究改良，使归经济的必要。（六）因盐井之限制生产，致火井未能充分利用。余热听他废弃，似宜研究推广用途。

压缩煤气代汽油用

专家洪中考察报告书："自贡两井天然煤气，虽不适于提取汽油，然可利用之作汽车发动机之燃料，为汽油之代替品。其法甚简，只须用高压力将煤气压缩，储钢罐中，可用于公共汽车，或载重汽车以代汽油，即乘人汽车，亦可用之。""如用压缩煤气总为汽油代替品，计天然煤气一百五十立方英尺，能抵汽油一加仑有奇。如将当时所产煤气总量三分之一，压缩使用，每个能产七千加仑汽油之代替品。若照川省现时市价计值，每日可收入二万一千元。不独能塞巨大之漏卮，且能开发当地之富源，于国计民生有莫大裨益”云云，此议该大大的注意。只产量多少问题也该同时注意。

从原路回内江，晚五时到。自流井内江间滑竿夫每名每日一元，合二十二吊。早经给发，中途纷纷借钱，问先给的一元用在哪里？答饭三顿，共五吊，宿一吊八，鸦片四吊八，余赌光了。这也是劳工阶级的一种惨况。入饭馆吃饭，吾们吃毕才放箸，许多待时而动的滑竿夫子，像抢劫一般地争取余物了。

内江私立沱江中学、县立初中、县立乡师三校男女学生及民众共千余人黑夜集沱江操场，听演讲——《身体练得好，团结起来，注重科学生产》。

内江风俗多长袍，短褂，赤足，草凉鞋，缠头。虽乞丐也是这样。选定了一位典型人物，饱看了一下。

简阳饿殍

归途过简阳，见十二岁童子饿毙街旁。闻市人，知系唐姓，无父母，家远方，叫饿四日而死，死两日了，尚无人掩埋。同行朱树屏转请车站友人告区长速把他掩埋掉。

这般天然美富的地方，所见所闻，除了一个“惨”字，竟无别的字可以形容一般状况。

重庆经内江成都八百九十三里，作《成渝行》一首，内江中国银行经理王肇谷殷勤留食宿，写来赠给他。

成渝行

成渝之间八百九十里。鹰岩百折仆复起，自余如绳又如砥。我来求何见去何闻，嗟嗟吾仆亦痛矣。内江之糖富荣盐，地中有火明夷占。富媪美利谁能兼，盗天国氏何伤廉。忽闻道左啼饥者，当街饿殍赤两踝。鹑衣百千走牛马，有虎有虎泰山下。

九　峨眉

不曾游过峨眉，不能算到过四川，这句话是否合理，还待事实来证明。四月一日清晨高高兴兴地上峨眉山了。内子纠思，吾儿方刚 ，吾友魏文翰、杨伯屏坐上了汽车，昨夜来一阵雨，今天放晴，从特别的新鲜空气中出发。经双流县、新津县，到邓公场，面前一条河，汽车装上渡船，人从浮桥上过。这浮桥由县政府捉民船多只连系成功的。桥旁揭有规则，向渡客征取渡资。每个二百文，车四百文。但据收钱人告我："九十多条船，每三天分一次，每次分到两三吊（合一角或一角几分），哪里够吃。"昨天，匪一百多人挟手枪来劫汽车，还奔向彭山县城里绑去十几个人，县长督队下乡剿匪去了，这是从河边树荫下卖小吃的自言自语中听得来的。

爱泡菜乎？花猪肉乎？

过彭山县，到眉山县，肚子饿了，进一家小饭店，老板太太端上来一碟泡菜，甘美极了。又是一碟，又是一碟。甲说：

吾们来运动这位太太到上海去开一支店，包管大发达。乙说：吾们不该说空话。须得大家“各尽所能”地帮助她一下。于是你说我说，要伯屏以大文学家资格撰一篇发卖泡菜公告文，要文翰当一个泡菜店太太常年法律顾问，要我呢？去劝请申新两报各发行一张泡菜特刊，大家高兴得了不得。苏东坡放弃了故乡美味，定要吃杭州花猪肉，生在今天要忏悔了。临走，还再三地叮嘱归来要复吃一顿。对门眉山县立女子中小学，略略地参观，女生体格却个个好。

峨眉山游程

一到平羌江边，便望见峨眉了。淡青色一长条横卧在白色暮云的上边，淡红的残阳笼罩着。何等秀丽！临江坐下，泡一壶茶，饱看它一下。渡青衣江，过双福场，到峨眉县的北部。正在征工筑路，县长方勉耕迎入县府小坐，趁天未黑，每人买了一双草鞋，急急地行，到山下报国寺宿，从成都到眉山县一百八十里，眉山到峨眉县城一百六十里，到报国寺十八里。

二号晨八时半坐滑竿上山，独方刚步行。我所见体格的强健坚实，方刚总可算一个。他从出生到现在，没有生过一回病。除了两只眼戴上近视眼镜以外，没有可指摘处。峨眉山恍惚是他的老家，好几回从树林子里从山腰里跑出那山村老百姓来，高叫着：黄先生！黄先生！他带他的妻儿来避暑步行上山下山不止一年了。他要维持他正常的游山生活态度，更要在父母面前十足表演出他从老练的行动中夹带着的顽皮孩子气，有时向前跑在他的母亲身边说话，有时向后跑在他的父亲身边说话，大概他的劳顿程度，不会比那滑竿夫子输着的。其实我在三十七岁时，上庐山从莲花洞上去下来足足五天也是这样步行的。不过到了四十七岁，上庐山只一部分步行了。到五十七岁再上时，终于不忍轿夫的失业，放弃步行政策了。

可即不可望的金顶

原来上峨眉山有大小两路，都从峨眉县城起，以到达山顶为目的，大路由报国寺、龙门洞、武显冈、万年寺、华严顶、洗象池、雷洞坪，而达金顶、千佛顶、万佛顶。小路由报国寺、伏虎寺、雷音寺、华严寺、大峨寺、广福寺、双飞桥、牛心寺、洪椿坪，经九十九倒拐，而至遇仙寺、莲花寺、洗象池与大路合。游客偷懒，或但求略观大意，取得游过峨眉山的资格，那么在大路上走二分之一或三分之一，回去，也尽可以骄傲一般从没有踏过峨眉一寸土的朋友了。因为大路经过整理，比较平稳好走。若论风景的幽僻，当然要算小路。很多道地的游客，从小路上去，大路下来，不但是包括一切风景，而且“先难而后易，由苦而得甘”，给吾们极好的人生途径的暗示。吾们公议关于游程，一切听命于方刚。他虽没有否认这“小去大来”的原则，他却从小路中间指定一段更小幽僻的途径，就是从伏虎寺、解脱桥，不西走雷音、华严，而南走新开寺。

新开寺及其附近，近年西国人多往那里避暑。方刚每年避暑，也都在那里，这时候还没到夏天，当然不能看到新式的建设，而从新开寺某一地点，可以远望金顶整个的庄严形势，全山除了这一地点，还没有第二处可以获这奇观，盖望见整个的金顶，实比上金顶还要难，所以我们决心向着那里走，不料到达那地点，大概因为没有预先通报的缘故，给不凑趣的云封锁着，仅仅从云顶露出二峨的尖，而终没有能瞭见大峨金顶。那时已过正午了。

幽的“双飞桥”

未来的目的地，为大峨寺。一到大峨寺，便走上通行的小路了。可是从新开寺去，这一段却为平常人所不到。缘着山边小径，走，走，一会儿，新开寺前几丈高的大柏树，伏在脚下了。千回百折，路又是窄，又是陡，到四时左右，好容易到达大峨寺，一尝那神水池边的神水，摩挲那石刻陈搏所写“福寿”两大字，和苏东坡所写“云外流春”四小字。过中峰寺、观音寺到龙升冈，各人的肚子，不约而同地叫饿，就山村里大吃其汤团。中午时候，四面山谷里蒸上来的云到这时发生变化了，快走！冒着雨过那广福寺，到双飞桥，雨越发大了。双飞是两条桥跨在黑白两水上，过桥后两水合流，从昏沉沉的浓绿树荫下，向着一块巨石碰撞，大声像雷鸣。要描写这境界，只须用一“幽”字，只觉雨天比晴天更好。清音阁前刘光第题联："双桥两虹影；万古一牛心。"全山题字多极了。大都是有钱的、有权的、有名的，越能打动和尚们心弦，留的字越多。这联是六君子之一所题，我就破例录下。天黑了，冒着雨往上走，路更窄更陡，六时半到牛心寺，宿。从报国寺迂道到这里，有五十余里。

牛心寺建筑分新旧两部分，设备收拾很好。大凡房屋，建筑易，管理难。就把"完"——不破烂，"整"——不倒乱，"洁"——不龌龊，三字做标准，说得上的就很少了。尤其是深山里寺观，形式的表现，究竟和那和尚们六根的清净成正比还是反比，谁敢说呢？我于峨眉所见不少寺院，就觉这里很过得去。知客僧清权颇大方。

有合理趋向的乞钱法

三号晨，天转晴了。游客有坐着背子过这里的，试坐一下，很不安。背上设一小凳，扎束坚牢，客跨而坐，面向靠背，紧紧地扶着，走时，客颤巍巍地前后左右摇摇不定，无一分秒得放心，试一下才知滑竿的舒服。八时四十分别了牛心寺南行，路很难走。右边是高峰的斜坡，坡势的倾斜，不止四十五度，也许达到六十度左右。左边是深溪，望准着斜坡很窄很窄的路线，靠着走，忽而望上，忽而望下，我自己还不觉得什么，只觉我夫人的一肩走在前面，越看越觉危险了。幸而方刚打着头阵，可以稍为安我夫人的心。好容易，到着三道桥，原来这是一条小径，若经会佛寺大坪，须过蛇倒退，还要窈曲难走哩。三道桥就是从这一个山坡，跨上那一个山坡，又跨上那一个山坡，十时光景到着洪椿坪。洪椿坪为峨眉大丛林之一，规模相当的宏大。“洪椿晓雨”，列在峨眉十景中。算了，昨天的晚雨，衣服已够湿了。今天不望它再来一个晓雨了。沿途，土人携工具作修路状，向游客乞钱，初见，大感动，从丰的赠与。后来愈给愈多，恍然悟他们乞钱是目的，拿工具作势给游客看，是手段。虽然，我总称赞他们所采取的乞钱方法，确有比较合理的趋向，将来峨眉山行政局成立，何妨来一个“弄假成真”，路修整了，山民生计得补助了。反正游客预备花钱，当然乐意施舍的。

九十九倒拐

更望上走，困难倒了。叫作九十九倒拐，这个名称，就不免有些吓人。莫怕，走！走！左一个拐弯，右一个拐弯，约莫走了三四十个拐弯，原来我忘报了节气，今天是清明前两天，在山下当然是“绿杨扑絮，红杏飘帘”，哪知深山中还是满地冰雪。自从上这九十九倒拐，越走，雪越深，到某一地点，实在有些办不了。滑竿早放弃了，一片斜度约达六十度的山坡，没头没脑地满铺着雪，雪底下全是冰，又陡又滑，如果还有几十个倒拐，都是这样，怎么得了呢？同行都面面相觑，说不出一句话，还是我提议：“什么样？诸位！进呢？退呢？怕须考虑一下吧！”到底方刚勇敢，他说：“让我一个人前走。”走不到几丈地，忽从斜坡旁又找到一个拐弯，雪渐渐少了。纠思的滑竿夫子加了班，大家鼓着勇气拼命地走！走！居然走上仙峰寺，纠思暗暗地计数，只有五十个倒拐，九十九打个对折。

仙峰寺旁有洞，相传仙人所居，殿上却又供着佛像，一名九老洞。俯看诸峰都在脚下，峨眉山高度，差不多及一半了。寺僧索诗，题赠一首，千辛万苦后，不可以无诗。

题峨眉九老洞

一龛共仙佛，九老倘天人。
我爱诸峰雪，能生下界春。
大峨高及半，古洞寂无尘。
九十九倒拐，前途念苦辛。

下午二时四十分行。一步步望下，忽见一道瀑布，即双飞桥下黑龙溪的源头，这段风景极好。又望上行，十五里，遇仙寺，五里，莲花石，吾们所走的小路，到近莲花石处，与大路合。

钻天坡

困难又来了。前面号钻天坡，又号鹁鸪钻天。大概以前经过路陡处着实不少。但旋陡旋平。钻天坡的倾斜度既过于以前任何地，前人的足，将触及后人的肩和顶，而又一气衔接，中间几乎没有可以休息处。名为五里，实则十里还不止。行人的劳顿，直过于走五倍十倍长的路。却并没有十分危险，但论陡而且长，就这回所走过，这钻天坡要算第一。钻天坡走尽，就是洗象池，准备宿在这里，一天功课又算完毕。全天行七十五里。

云海和雪碚

峨眉古时亦是道家地。黄帝从天皇真人问道，葛由骑木羊上绥山，鬼谷子入洞著《珞琭子》，孙思邈幅巾受乐，以及吕洞宾、陈希夷种种仙迹，可说“不一而足”。自从普贤菩萨开道场说法，就一变而为“佛国”。洗象池相传普贤过此洗象处。上山以来，忙着是走路，还没有余暇多看风景，这时候要玩赏一下了。出寺门一望，吾们还没去过的华严顶匍匐在脚下。极东望伏虎寺诸山，一堆堆像土墩子。据说要是没有晚烟笼罩着，还可以看到峨眉县城。粗粗略略看来，只觉左边一带是高峰，像碧玉的屏风巍巍地掩护着。此外千山万山，都比本山为低，山的规模已不少了，加上每一山坳，满装着白漫漫的云气，黄金色的晚霞烘衬着。正浏览间，寺僧招大家入客堂晚餐，只见客堂前天井里一大堆和天井同大而高过阶石的雪，吾想叫它做“雪碚”，因为四川凡大石平铺着的都称碚的缘故。餐毕，再开门一望，月光像白昼一般，千山万山早昏沉沉地睡着了。无量数的云气，一道一道奔向山坳里，好像中间装置着吸云机，尽量地吸收似的。这道理我在天台山最高处见过“华顶归云”才懂得。云大概也是朝出暮归的呀！可是静态的山，一个个只露出尖端，高高低低地矗立在云的平面上，动态的云，早因倦极蜷伏不动，白茫茫一片在绝平的形态上作微微的皱纹，只觉大地一些声息都没有。我问纠思：你看像什么？这就是“云海”呀！凑趣的小沙弥，搬了五六个椅子让大家坐着看，却不见了伯屏，许久！许久！才懒懒散散地走回来，只说了一句：“我不要回去了。”到底大家无可奈何地进了客房去睡，可是回头一看，浩浩的天空，莽莽的云山。雪白的月色，还是陈列着。和尚们还说：“这是诸位的福气，早几夜都没有月。”可是有了月便看不到佛灯。人们欲望是不会足的。

四号晨起，发生问题了。纠思在成都临上山时，医生说她血压过高，上山不得。她兴趣好得很，方刚呢！极意要讨母亲欢喜，当然不便加阻止，到这洗象池，已达七千多尺高度，若到金顶，须高一万一千多尺，冒险未免冒得太厉害了。可是他的母亲，游兴还是很高，怎么办呢？若是方刚陪他的母亲留在洗象池，当然也好。可是吾们上山又没有人指导，方刚顾着他的妈妈，同还要照料他的爸爸呀！怎么办呢？正在没法的当儿，一群猴子来解围了。峨眉山猴子很多，却分下四个区域，九老洞是一区，遇仙寺是一区。这两区可惜昨天吾们没有知道，有阙拜候了。华严顶是一区。这洗象池也是一区，方刚的母亲，最欢喜是猴子。方刚就提议，母亲留在这里陪猴子玩一天，吾们赶速上金顶，当天赶速回来吧，母亲答：“可以，可是你须得坐我的滑竿儿。”原来母亲的心理，很不忍心看她的儿子连天浑身大汗地步行，得这机会，就要挟一下，作为交换条件。方刚连说：“好！好！”母亲还对着儿子说：“今天是你的生日，我在寺里做下一些面，回来请你们吃。”问题就解决。一面小沙弥去请山居士，我们四个人急急上山。原来峨眉山男香客称大居士，女称二居士，虎称王居士，蛇称长居士，猴子称山居士。

四个人四肩滑竿儿，方刚当着母亲面前坐上，从寺后靠着弓背山往上走。虽不觉得怎么冷，可是漫山皆雪。植物除了松杉类还维持它的高大的躯干，可是枝尽横出不能向上了。以外都是丛生，竹仅高三四尺，昨夜的云海，还是陈列着。向上五里到大乘寺。又向上五里到白云寺。这第一段就难走，又陡又滑，雪铺满了路，稍偏些，便把大腿全部陷没，到没法时，大家下来走，方刚老早放弃滑竿了。还嘱他的滑竿夫来扶助我。向上六里雷洞坪。向上五里到接引殿，雪越深，路越陡了。全部动员走，向上过七里坡，七里到太子坪。路却渐渐地平了。雪多融解了。颓败的寺屋檐角下，挂着一条一条长几尺乃至一丈多的冰乳，悬空排列着。又向上五里，经过不少的寺院，十一时五十分居然到达最终目的地金顶。

金顶大观

金顶正殿刚在建筑，正殿西北角是舍身岩，上边一片平地，我们就借做临时休息处，嘱和尚搬几条长凳，一个方桌来，问有面没有？答没有。后来又似说有。随你便吧！面也好，饭也好。吾们便开始游览。金顶是一方最高的高地。除了正在建筑的大殿外，什么都没有。抬头四望，杜子美诗：“天阙象纬逼”“荡胸生层云”，虽事实上并不这样，心头确起这种想象。西望松理懋一带雪山，更远是康藏雪山，稍北是瓦屋山，南望二峨三峨与本山像鼎足地立着，当然它们高度差着些了。高天大地，日光照耀着万山的雪尖成一片银世界。除了“庄严”两字，再没有可以形容的。方刚今日既是生日，就做一首诗赠给他。伯屏、文翰吾们四人就在峨眉绝顶长篇大套地谈起诗来了。

方刚生日同上峨眉金顶作

母兮生汝劬劳日，堕地于今卅五年。
迢递迎从霄汉下，间关扶上大峨巅。
功名期望皆身外，天地庄严在眼前。
此心此体都付汝，母心纯善体纯坚。

原来“佛光”是这样的

舍身岩下，就是看佛光的地点。原来神秘到“不可名言”的佛光，只须备具三个条件，包管你看到。第一，岩下几千尺的深谷，须满满地装着云气。第二，太阳底下须没有云气遮蔽着。第三，太阳须行到某一点，光的斜度，恰好从游客的头射在这深谷的上面。如果这三个条件备具，人只须站在舍身岩上扶着栏杆俯着头往下看，包管你从山谷里云气上面，发见一圆形，周围橙黄红绿等七色环绕着。中现人的头面形，你如点头，他也会点头；摇头，他也会摇头。同时如两人以上扶着栏杆看，各见各的圆形，绝不冲突。这就叫作“佛光”。就吾们的实验，午后二时二十分至三十五分斜度最为适宜。因为方刚懂得这个道理 ，所以早起上金顶，午后恰可发见，但谷里有云，日下无云，那是天，不是人。凡事须“尽其在人”，至于成功与否，一半还靠着天哩。

既看到佛光，心满意足了。二时四十分便开始下山，金顶以外，还有千佛顶、万佛顶。论高度，千佛顶比金顶较低些，万佛顶虽稍高，然较金顶不过差几十尺乃至几尺。天气不早了，快下山吧！还有山居士候着吾们哩。滑竿夫下山跑得快，伯屏、文翰，告着奋勇，舍了滑竿走，六时三十分便回到洗象池。

老夫子统率下的山儿

快到洗象池地方，我心里正挂念着：一、我的夫人在七千尺高地足足住了一天，身体有没有影响？二、和山居士相处到一全日会不会生厌？三、山居士肯为我们稍待见一面吗？一到寺门，只见地上无数生物正蠕蠕地动着。吾的夫人一见我们，便抢先地说："快看山儿！山儿怎么样来？怎么样款待它们？怎么样把它们留下？"原来吾们自从七时三刻出发，八时和尚就唤得群猴来，它们惯熟了。呼山居士嫌太客气，呼它们山儿。山儿有大有小，大的坐在地上足有三尺高，小的不满一尺。有公有母，母猴抱儿，坐儿在怀里或臂上，宛然和人一样。走的时候，儿搂定它母亲的腹，任何跳跃，不会坠下。群猴有一王，绕体全是白发，体态庄重，举止大方，群猴跳跃不停，它端坐着不动，和尚们呼为"老夫子"。来去时，都由老夫子率领着。中午时，猴来得最多，有六十余个。我们所见，仅二十余个，这是我夫人把苞米和花生不断地撒给它们，才得挽留这几个到现在。我试把食料置掌握中，诱使它们亲取，到底给它们用迅速而有力的动作攫去，但回头便以怒脸相向。夫人告我们：曾嘱沙弥戏用竹笼笼住一小猴，小猴在笼内大叫，群猴怒脸张牙，全部动员向着这沙弥一齐扑上来，沙弥骇极，急把小猴释放，才得无事，传闻有一回，一客孤身从山路上走，戏捕一猴，这客给群猴擒入山洞，几乎处死，到底由和尚出场排解，"两释累囚"。所以峨眉山的猴，没有人敢捕的。它们各守各的区域，绝对不许互相侵犯。直到天黑，由老夫子率领着成群地去了。吾们在金顶，不是天朗气清的可爱吗？下到半山遇雨，到洗象池才知全日是雨。漫山云雾，佛灯到底没有看到。就是峨眉十景中的"象池夜月"，昨夜看得出神的，也可一而不可再了。大家吃了面，便睡。这天从洗象池上下金顶共六十多里。留诗一首。

留题峨眉洗象池寺壁

一宿报国寺，再宿牛心石。新寺封金顶，可望若可即。何惜路纡回，踏破暝烟碧。双桥怒张翼，下蛰溪龙黑。降谷复跻崖，连石差可席。入山有二道，小大此合迹。危坡号钻天。直上陡且窄。寺门象池旁，微叩得安宅。云海平浮峦，月波冷侵帻。晨兴望大峨，九十里半百。兹游五人俱，杨魏双飞舄。吾儿健善步，吾妻仗扶掖。山巅气高寒，医戒血张脉。吾儿善说辞，留母伴猿客。竭来绝顶问，山果庭抛积。群猿逐母嬉，自晨乐达夕。座上佛大笑，诸僧手频拍。名山叹观止，白云统归屐。尔见缕写游程，人去诗留壁。

滑竿夫子的唱和

五号晨起，不敢再招山儿来，怕多兜搭。七时四十五分别了洗象池，还从钻天坡下山。峨眉山的滑竿夫子有趣得很。沿路走，嘴里不停地唱。前边的夫子唱一句，后边的和一句，完全是打招呼的意思 ，但一一编成歌词，从他们嘴里，听到歌词不少。可是字句间很多土话不可解的。

（前）漾漾坡，（后）慢慢缩。（前面遇陡坡时）

（前）溜得很，（后）踹得紧。（同上）

（前）倒挂井，（后）风调雨。（前面遇沟时）

（前）苋子花，（后）莫踹它。（前面发见地上有粪时）

（前）天上乌云抛，（后）地下乱草草。（前面发见地上有乱草时）

（前）前挡，（后）后让。（前面有物挡住时）

（前）连踢带咬，（后）带来拴住。（前面遇狗时）

（前）左边起了云，（后）右边站个人。（前面遇来人时）

（前）青石带幌，（后）稳踹不上当。（前面遇着铺石活动时）

（前）活摇活，（后）逢中不点角。（同上）

（前）左边枝子挂，（后）踹右让它下。（前面树枝挡住时）

（前）左边一淌油，（后）踹到中间几处溜。（前面遇积水时）

后来听熟了，发见某种现象时，我坐在滑竿里唱起来，他们也会同样地和着。他们有索西药的，惜我们没有带着。

八时二十分过莲花石，从此便走入大路，过华严顶，仅见残雪了。八时五十五分过初殿，九时十五分过蒲公庐故址。相传汉时蒲公采药到此，发见莲花，便着手开山。九时三十分过长老坪，九时五十分过息心所，也是蒲公住所，相传蒲公在这里遇着普贤，今天全从狭狭的山脊上一路迤逦往下走，沿路盖着碧绿的树荫，两边从树林里窥见空旷的山谷，却也别有天地。十时五分遇荔枝坡、鬼门关，这不过两块巨石，人在中间行走，毫无奇状。过观心寺，观心坡，也叫点心坡。从钻天坡以下，路皆不很陡。一过观心坡，北面伟大的山岩，苍翠一色，仿佛一座锦屏风，山坡满栽着桃花李花，红白相间着，到此便见山田。这时身上忽发生一种异态，两耳微微地发聋，怕和飞机从空下降时感觉耳聋，同一道理吧！十时半到万年寺，观铜制普贤骑象，观佛牙。十二时半到武显冈，腹饿了，大吃豆花白菜。下午一时过龙门洞，小憩，观铁锁桥，全桥用铁索交织而成。旁有碑，文如下："铁锁桥，光绪二年修建。……桥共十五节，每节八尺。峨邑西路冷水河，发源峨山，至虎渡溪陡险……"可惜桥脚用木，怕不能耐久。二时半到报国寺。万年寺以上，都在云中行，衣帽尽湿，下山便晴。还从峨眉县城外望见峨眉顶峰，游山到此告一结束，今日行六十多里。

此行大小两路风景大概领略过了。金顶到过了，佛光见过了。西北雪山望见了，云海见过了，"象池夜月"饱看过了，山居士拜候过了。短促的时间，得这些成绩，一半是人，一半也是天助。只可惜佛灯没有见。

进县城了，纷纷索书，题诗以为纪念。

既游峨眉山留题峨眉县城两绝

山市清明冷夕曛，女墙流水虎溪分。

平生此事伤廉甚，饱掠峨峰两袖云。

密密疏疏三万家，锦屏风下李桃花。

爱山更爱山民好，栽了山秧去卖茶。

（峨眉县三万零四百四十三户）

怎样对得起峨眉

六号晨七时半，公开演讲——《怎样才对得起峨眉》——教，养，卫。

方县长见告：峨眉县正附税共三万零八百元。每税银一两可收谷五十担，每担市价六元，平时只三四元。正税四年，（内军事费三年），附加一年，保安一年，保甲每年一万八千元，向主户摊派。每保每月约派五元。得警报，猓猡扰事，很猖獗，峨边县城被困，乞急救。

十一时离峨眉县赴乐山（嘉定府），午后四时到。峨边消息益严重，县城被困已六日，兵少弹缺，饮料又绝，城外惨被焚杀，为电四川省政府代乞援救。作孚创办的中国西部科学院在民国二十三年派员若干前往大小凉山一带调查猓猡状况，归来写一本《雷马屏峨调查记》，摘录几节如下：

黑夷（猓猡）性喜劫掠汉人，沿凉山一带人民，备受其祸。汉人掳到，即将衣服尽行褫去痛打一顿，名见面礼。若多数夷人共同掳得，则须轮流毒打。若稍抵抗，或不能行走，即行杀却。至家以后，迫供操作，强使习夷语，又禁作汉语。犯者痛责，每用荆棘为鞭，令汉人自行毒打，晕绝后，用椒末喷其全身，使痛苦极端而不致死，往往求死不得。天地间之至惨莫过于此（四十一页）。汉人入凉山后，称为娃子，备受残待，其得苟延残喘者，不过十分之一二。历年既久，为其忠仆，可得猓猡欢心，配以异性汉人，使成夫妇。此种家生小儿，全化为白夷（四十二页）。猓猡常以娃子之多少，定贫富之等级（四十四页）。统计凉山已调查者而言，昭觉及雷波、马边、峨边等县边地之黑夷人数，仅及一万，而白夷人数亦不过四万。即所剩小半区域，有同样之人口，合黑白夷计之，亦不能超过十万。然汉人至今莫如之何，而猓猡反得日肆其虐，以荼毒汉人。则又汉人本身之缺点太多，而边地问题，又鲜为社会注目，故成今日严重之局面（六十四页）。清末，每年损失之人口财产，不可胜数。入民国后兵力已单，加以川战频仍，边地痛苦无人顾问。迄于今日，县中人民日少，土地日削，则以报荒了之。而不问其所失之人民，亦国家之公民，所失之私有土地，亦国家之土地。官府遇汉夷相争，则袒夷抑汉，以息事宁人，而纠纷反以日多。人口既稀，边地就荒，夷人更易于进展（六十五、六十六页）。民元调查雷、马、峨三县人口十六万四千余，现仅存六万余，减少十万以上。（六十七、六十八页）

一猴被捉，群猴全部动员向沙弥进攻，汉人给黑夷掳去十万，竟无一个去援救，“可以人而不如猴乎！”

从东坡读书台望峨眉

乐山城外，当岷、铜、雅三江合流处，江心矗立一峰，就是乌尤山，亦称离堆。山上乌尤寺，寺旁尔雅台，相传是晋郭璞住尔雅处。隔江凌雪山，与乐山城相对，就山坡大石凿成大弥勒，面江趺坐，相传唐时海通和尚所凿。方刚说有人实测高二百零六尺，旁边苏东坡读书台，此处风景及结构，可当“幽雅”两字。此行最使我流连不舍，就是此地。还望峨眉极清楚、极秀美，方知峨眉得名，因远望像蛾眉的缘故。承中国银行主任王杜若导游一周，赠诗。

赠王杜若

不知蜀国几离堆，又一奇峰面水开。
西土诸夷犹有警，东坡隔世岂无台。
三江既合岷铜雅，大佛能惊孔老回。
远望峨眉山色好，为携妻子踏云来。

尚仁医院附设宿舍，寄宿一夜，赠院长黄哲明诗。

下峨眉赠黄哲明

眉山何嵯峨，诸城抱山脚。乐山尤殷阗，四时花绕郭。铜河与岷雅，三江会交错。此又一离堆，不知何年凿。山寺号乌尤，危崖古藤络。苏郭两高台，精魂此酬酢。顶天大弥勒，二百十尺弱。英雄何必名，精艺问谁作。大峨既观止，得此还错愕。吾宗良有人，叩门息游屐。岂惟客如归，众生命有托。寄言院主人，山农纷求药。

专员公署秘书赵凤周索诗，援笔立写一首以赠。

赠赵凤周

峨眉如画碧云端，雨后晴初更好看。

三月清明三尺雪，我登全顶不知寒。

乐山王建模在乡办学，读他自述《为什么要牺牲一切在乡办学》文，我很钦佩。惜不及见。

七号上午九时离开乐山，下午四时回到成都。过眉山县时，还向老板太太索泡菜，满想复吃它一顿，不料时间一过，味道大变，方知世界任何好景致、好东西，都是可一而不可再。就使好的还有，到底另是一回事。

我为游峨眉山同志郑重介绍一本最适宜的游山参考品，就是重庆中国银行编行的《峨眉山》。

十　再留成都两旬

峨眉归来，就顺道参拜诸葛武侯祠，祠在成都南门外，实系昭烈帝庙，而并祀武侯，所谓“先主武侯同閟宫”，就是。旁边还有昭烈衣冠冢，现完全驻军队了。

吾所认识的诸葛武侯

诸葛武侯，我当认为东方式的理想政治家。政治家须有伟大的抱负，对于国家前途，须从整个的大局上有切实的认识，有合理的主张；须有政治的才能，政权到手，有确实的成绩；而又须有政治的道德：第一，不以政治为职业，不但未上台前，决不为了个人生计，奔竞钻谋，不择人而事，见利而背。贬损自己的品格和节操，即在下台以后，决不为了个人生计，借虚名的官职，领受国家的禄养。武侯布衣躬耕，是有业能自立的。抱膝长吟，自比管乐，有抱负的；徐庶说“此人不可屈致”，有品格的（这点就是东方式不同地方）。既见昭烈，评孙曹人物，认定荆益天险，定西和南抚外交内政大方针，三国百年大势，没有能跳出他一席谈的范围，是有认识的、有主张的。感激知遇，鞠躬尽瘁，死而后已，是有节操的。“足食足兵，国以富饶，百姓安堵，军无私焉”，有政绩的，有军纪的。他的身后，“不使内有余帛，外有赢财”，自称“成都有桑八百株，薄田十五顷，子弟自饶衣食，不别治生，以长尺寸”，可云彻底的廉洁。他并且有科学的天才，能连用机巧，造木牛流马，推演兵法，作八阵图，无论内容如何，吾们不能知道，总是有科学意味的。所可指摘的，鞠躬尽瘁，似为着刘氏一姓，昭烈一人，太偏狭些。这不应该把今时的眼光，评论一千五百年前人物的。但“苟全性命于乱世”“不求闻达于诸侯”两句话，容易使今时人误会。他的目的，在全性命，并非苟且求生。淡泊宁静，就是全性命的方法。吾所认识的诸葛武侯是这样的。

谒诸葛武侯祠

成都城外武侯祠，剩见青青松柏姿。

死报主知犹尽瘁，生忧国难待扶危。

三分二纪终延汉，两表千秋欲付谁。

不苟全生在全性，龙潜致远勿须疑。

自从峨眉、乐山归来，各地方考察告一段落。想把所见所闻，连我的感想，掬我至诚，写一篇意见书，送给当局，一方面酬谢他们的美意，一方面作为吾对于整个的四川民众间接的贡献。这篇写完，便归去了。可是各学校已约定的演讲，这一张一张支票，哪能不使它兑现呢？

省立成都师范学校讲——《小学老师的修养》，须特别注重于人格高尚，常识丰富。学成后如无现成的就业机会，可仿陶行知式，随地施教，在都市也好，到乡间去更好。

省立女子职业学校学生一百七十人，设有高级园艺科、应化科、染织科、银行簿记科、家事科、初级农科、简易化工科。讲——减少设科，集中家事商科，须与家庭，与实业界，与建设行政方面，极须联络。

省立成都高级工业职业学校设有机械科、染织科、应化科。讲——教育的主要对象，是青年；社会的基本分子，是民众；职业教育，是贯通两方的桥梁。谁来建这桥梁呢？政府应负起责任，定整个的计划。教育家应负起责任，各个努力。

省立成都中学校讲——《出路》。青年自身的出路，国家民族的出路，就是这一条，并没有两条，都得由吾们大家负起责任来。

私立天府中学讲——《吾们的出路》在哪里？

四川大学农学院农林学系一二三年讲——根据手脑并练的学理，注重实习。在整个的农村计划之下，从事生产，在国家统制经济政策之下，谋开发四川农业。

旧友杨伯钦（若堃）系十五年前成都高等师范学校校长，主办平民教育促进会分会多年。有实验学校，有民众学校，有读书会，受教育者一千二百人。十七日特往参观，得见我二十年前故人，无声无息地埋头苦干那国家民族生命寄托的民众教育，深深地为之起敬。

吾的《改造新四川管见》脱稿了。以民众为中心，有若干问题；以经济为中心，有若干问题；对整个的四川，注重打开门户，全国团结。

正欲归去，悉行政院蒋介石院长将来川，多留几天，索性把吾所要写的第二篇——《留告四川青年同学书》，原想在途中写的，一气写完罢！

这回到四川，于大的方面，所见到的，象池之月，金顶之云，锦城之花，金堤之水；于地的方面，所见到的，夔门、三峡、峨眉、剑阁的奇险雄秀；于人的方面，老友、新友，情感浓厚极了；老百姓方面，所见所闻，只有一个“惨”字。却从有意无意间，发见一个集团，使我表极大的同情，使我获到深深地钦佩和安慰，就是民间意识社。

民间意识社

民间意识社，是成都若干受过高等教育的青年，在民国二十二年十月发起的。他们发行民间意识定期刊及其他专刊（社址成都文殊院巷十二号），他们志在建立大众的言论，科学的言论，实践的言论，同于理而不主异于人的言论。他们提倡迎头主义的从善，风节立国的精神。他们的专刊，有《四川匪祸的科学记录》《四川农村崩溃实录》《贪污土劣与四川农村》《四川工商社会苛捐杂税》《四川农村社会苛捐杂税》《四川人口数字研究之新资料》《民族斗争运动》，等等。他们中坚分子之一傅双无，曾经过数度的深谈。

谜中谜——四川人口

中国人口的多少，是一个谜。四川人口的多少，是一个谜中的谜。民国五年四川全省一百四十六县三屯的人口调查表册，是过去四川全省人口调查的最后报告。计九百九十五万零二百四十六户，五千零七十六万六千三百三十六人。这是民间意识社施居父搜集无数四川人口调查报告，编成《四川人口数字研究之新资料》中间所认定的。

四川人口　成都中央社电：川省户口已报省者，计一百一十一县及成都一市，尚有四十一县及渝市未报。已报各县中，除三县填报欠详外，综计八百三十万八千二百零二户，共四千三百二十六万五千七百二十五人。省府据报，已转呈内务部备考。

——廿五年七月十三《大公报》

过去这般重的商税

有一天，老友陈维新在他家里招餐，把他收藏的古印千枚及其他经念物品文件一件一件给我们看。所尤值得纪念的，就是民国十五年他当成都商务书馆经理时运一批书籍、文具、风琴等二百二十二件所用的护照。从嘉定运到成都，计三百九十五里，从五月廿九起运，八月十五日到达，计八十二天。在这三百九十五里中间，经过收税机关四十四处。在护照上盖着四十四颗绯红的图记。另一朋友告诉我，四川军阀分据时代，机器入口是须重税的。因为抽税地军阀，防他地军阀利用这机器来鼓铸铜圆，制造军械，给这方以不利，所以重征。某人运一批机器，从省外运到重庆，价值八万余元，抽税至三万余元。所以当时机器工业，绝对没有发展的希望。现在解禁了。

懋功番的歌舞

川大叔永校长及陈衡哲夫人十八日就寓园邀观懋功番人歌舞。番人男女老幼十四人，是因匪祸从懋功逃出来的，有姓杨的，姓张的，姓孟的，另有几个汉人伴着。男子能汉语，女子不尽能解。舞时，九个人为一组。男唱女和，舞的姿势很简单。男的动作较繁，为首的最繁，女子不多动作。歌似是七字句、九字句。腔调也很平缓而简单。这种歌舞，据说是他们首领（称作头人）备了酒邀请时表演的。那天叔永夫妇也就草地上办了一大坛酒，男女老幼拿大碗汲取，一喝而尽，但不用菜肴，同时吸纸烟。松（松潘）、理（理番）、懋、茂（茂县）、汶（汶川）一带民族，除汉人回人外，有羌、番两种。

番人从青海、西藏移来，称“西番”。语言文字多与青海、西藏同。他们的生活，是耕田、牧畜，古拙的工艺，亦能营商业。生番性蛮悍，好利，而且好斗，不怕死。懋功县西番一百三十三寨，五万三千九百二十八人，分隶两个土司，六个屯守备。见最近出版的《松理懋茂汶屯政纪要》。

十一　归去来兮

万花围绕的华西坝

四月二十四日，归去了。《留告四川青年同学书》印成分送完了。清晨偕纠思上汽车，从方刚家出发，诸友好纷纷送行。纠思留这里六十三天了，母子间。妇姑间，两个孙儿（十九和海川），一头狗（西寿），临别，都极端地依依不舍，早有人在那里淌泪了。我是一匹老的野马，名义上同样地留宿这里，父子间谈话，怕没有满两三个黄昏吧！不是我跑在外边，便是满屋的客，再不然，便是我埋着头伏在桌上写字。我的儿媳，他们的生活，比较规律化，独我不受规律，午夜两餐，多分在外边吃，也罢了。最困难是早餐，既不能普遍地拉客同餐，又不能舍客勿陪而自食，结果唯有“灭此朝食”（此“灭”字乃是柳柳州诗“万径人踪灭”之灭）。尤其感觉可惜，往往方刚奉他的母亲，带他的妻儿，陪他的男女朋友，高高兴兴地一大群去名胜地方游览，去华西坝（华西大学一带地，土人称华西坝）。散步，承他们总是来约我，十回中八九回总是不得参加，后来他们也不问我了。我已经说过，方刚住宅所在很是优美的。有花木，有草地，从初来到别去，花的色和香从没有断过，我的眼和鼻受够了。我虽目不窥园，无奈园来窥我，草地除了一次为全家摄影以外，竟没有享用过。有一天，为写《留告四川青年同学书》，伏案不出门。傍晚五时顷，居然脱稿，如释重负，很想出去流宕流宕，可是方刚母子和全家都早出门了，便独自游览华西坝，走出万花园绕着的竹篱旁边东向的两扇板门，门外横卧着一条通道，夹道是碧绿的树荫，支竹为棚，跨在通道两旁，红的蔷薇呀！白的木香呀！从竹篱的里边，牵藤引蔓，满满地把竹棚遮盖着。客人来了！邮差来了！总是站立在万花掩映着的竹棚底下，夹着西寿欢迎声，高叫那黄先生！黄先生！顺着通道右转南行，便出广益学舍的南门，对面便是华西大学校舍。左转北行，一所一所的住宅，道旁排列着，步步绿荫幽草，家家鸟语花香，顺着通道折而向东一直走，便出学舍东门，左转北行不百步，一湾绿水，直从万里桥下左萦右拂而来，这便是锦江，隔江便是锦城。“已知出郭少尘事，更有澄江销客愁。”回头一看，绿荫底下，多少楼台高下，金碧参差，晚霞烘托着，愈觉庄严美妙，如单为个人娱乐计，不再把民生问题、国难问题，放在心头，我要学伯屏，象池看月，只说了一句：“我不要回去了。”

一声车笛，一对老夫妇终于别了红围翠绕的花城。儿女团圆的情海。一路无话，当夜到着内江，仍宿中国银行。写联赠肇谷，作为此游结束——只应思蜀乐，几见上天难。

半日间的蜀道难

明晨再走。午刻将抵永川，忽然车的轮胎爆烈了一个，换用预备胎，也快要爆裂了，很勉强地到着永川，急将坏胎补好。行才十分钟，而预备胎果裂，乃换用新补之胎，补未必得法，又才补便用。走到四时过后，又爆裂了。该地距来凤驿六十余里，车歇在山坡下，坡上一农家，姑媳两人，道旁设板桌售零食，借他们的长凳小坐，借板桌，写我的文章。我的夫人和他们姑媳敷衍得很好，老夫妇委心任运地静待救兵来到。一会儿，果然两辆行营汽车追踪而来，其中一人曾在行营相见，请吾们搭坐。到底为他客和车夫所阻，我感谢之下，声称“不敢”，但写字条嘱交前站，请电重庆放车来迎。那时候，太阳也就跟着他们别去了。车夫情急智生，把稻草塞入坯胎，很勉强地开行，约莫两三里，抵一小集，两辆邮车整装将发，便商得车夫同意，携行李搭坐而行。八时到达来凤驿歇下，约莫一小时光景，重庆之车开到，却是一辆很大的货车，没法了，冒着黑夜走。那天是阴历初五，月亮忙着别方的工作，照顾不到，空车走路颠簸得特别厉害，不是向左右碰，便是向上碰。路又特别的曲折，著名奇险的老鹰岩来了，人到无可如何时，万念俱息，我的夫人是一位“女中健者”，听天由命地把两条半老的性命交给和吾们并坐着的那位驾车先生，屏住了气息，左一个拐弯，右一个拐弯，千回百折的结果，居然过了老鹰岩，进了浮图关，平安到达了重庆，可是时间已半夜十二时了。

到重庆唯一目标，就是候民生公司下水船，可是吾友何北衡还在叽叽咕咕地埋怨我走得太快。来重庆，几次都由康心如招待到美丰银行大楼设备最讲究的地方住宿，都是可感极了。无奈吾心里总是不快，最近就为看到一条新闻：

重庆每日路毙二十余。昨日（廿四）记者由南岸过度，目睹沿岸及道旁发现大小死尸数具，记者不惜脚力，特分往各城门，询问路毙埋尸会以收埋路毙情形。据云每日路毙贫民，十之八九均属苦力，近因米价陡涨，无法谋生，偶沾小恙，医药无钱，只有束手待毙。在往昔路毙者，尚可领火匣一具掩埋，今则各城门虽各有路毙掩埋会之组织，但因全市路毙每日统计在二十人左右，一般慈善家施火匣经费亦感困难，以致各城门路毙，大多用包盐席或篾席里埋。葬地属于太平、储奇、金紫各门者，指定在南岸青果林一带；属于通远、临江、千斯各门者，指定在刘家台；属于朝天东水门者，在青草坝一带，均以小船运往掩埋云。（四月二十四日《新蜀报》）

人吃人

同时还接到第三十五号《民间意识》汇集各报所载“人

吃人”消息如下：

“松潘半边街居民陈氏，自杀其八岁之亲生女而食，不久该妇亦病饿而毙，沿途数百里内，人血及白骨与饿死者，填满沟壑，令人目不忍睹。”——三月二十一日《复兴日报》载中央社稿。

“三月一日，闻曹家沟某家七人，业已饿毙四人，尚余三人，亦气息奄奄，行将为死神攫去。有远地逃荒饥民多人，经过其地，一并被杀，即取折茅屋草棚，分割炙食无余。三月三日，又闻万源官渡湾某地有农民勒毙其女，以充食 。”——三月二十四日《新蜀报》载万源通讯。

“近来一般无食灾民，莫不麇集市场，如西区之恩阳河旧小学校校址内，栖流常满，率皆乞食度日，生机断绝，一奄奄待毙之乞丐，由饿极之难民，未俟气绝，竟生割肉，煮以充饥。”——三月一日《新新新闻》载巴中特约通信。

“万源新三区之石窝场，地名兰草溪，有老妪高杨氏者，年近花甲，子及媳均被匪杀死，仅遗一孙约三岁，饥饿难堪，无可奈何中，乃将伊孙用柴块打死，藉作充饥之品。惟孙幼肉少，数日后该氏亦竟饿死。”——《振务旬刊》第二十三期载万源通讯。

“万源县城东门外春坪河坝，饥民常十百成群，煮活人及死人以食。鸡河坝人民于近数日，曾杀匪八人食之。”——《振务旬刊》第二十五期万源通讯。

牛头吟　　　　　（邓少琴）

丙子蜀中大饥，琴以省振务会之招，办理昭（昭化）、广（广元）、剑（剑阁）三县振务。……

……赤地几千里，树树剥如椽。皮尽及野蔌，日日常播迁。山山草根断，春苗茁又蔫。攫食到泥土，崖动声磌磌。纵令能果腹，啖多体益孱。崖空石忽陷，身命轻委焉。死生各异路，生者取其骿。烹炙及娇小，血肉作饔馆。天伦竟断丧，亲子何能铨。（广元东部居民，有侄孩奉母命到伯母家收债易粮，伯母夜烹而食之；昭化牛心溪，甚至发生亲母活炙亲女之惨事）。辗转饥相食，睛红皮变玄。习久养成性，凶残曷能悛。

贫富苦乐矛盾状态尖锐化

财政监理处副处长老友周聘庚还告我：有某军官从宁南会理一带归来，说该地老百姓穷苦到几乎不能活命。没有钱，尤其苦的是没有布。妇女连衣裤都不能完全，以致乳及臀部都无法遮掩。一件破烂衣服，祖宗传给子孙。他们很羡慕兵士有福，都能穿着衣服。临行，把破军衣赠给他们，认为比什么都宝贵。

远望嘉陵江一带，同在四川一省之内，军和民，民和民，贫富苦乐不平均的矛盾状态，这样尖锐化，这都是无政治的表现呀！长此下去，国家和民族前途怎么得了。

南温泉

杰人导游南温泉，从储奇门渡江，东行四十里，抵堤坎。换小舟荡花溪中，夹岸峭壁，间以森林。经一地，危崖俯水，石刻“王向氏殉夫处”。舟行三十分钟到温泉，泉温到摄氏四十四度，带硫黄气。既为青年会作《南温泉歌》，还题诗一首：

南温泉留题

既泛北碚月，更浴南泉春。
独乐宁众乐，苟新又日新。
四山入云瓮，一棹醉花人。
燠煦知天意，绸缪在下民。

题仙女洞

渡江四十里，寒谷得温泉。
峭壁花溪水，孤村竹迳烟。
洞云自终古，仙珮渺何年。
剩有王家妇，诗碑泣所天。

沿花溪行，得仙女洞，旁有王向氏诗碑亭，氏丧夫，有人怂恿再嫁，母有允意。寒食日，投溪死，临死成诗十章，时为清道光二十二年，年二十五。至民国十六年，里人周文钦为撰记并原诗刻于石。

二十九夜上“民康”船。临行，江北县长范英士赠我饥民食品：一树皮，一土，一泥石，我觉得比什么东西宝贵。

流浪苦儿的成功

三十日夜宿万县。五月一号晚抵宜昌，略游三游洞，暂宿“民权”船。船主周海清以流浪苦儿由杂役洊升为船主。当第一汽船“蜀通”到重庆泊江岸，海清时十余岁。父摇划子过活，海清不得一饱，天天为“蜀通”水手洗碗，才获一餐。“蜀通”临去，水手们劝他上船，母大哭力阻。海清夜半从草棚内逃上“蜀通”，后来由杂役升水手，升舵工，升二副，升大副，最后考取船主，历尽艰难困苦，现年三十六岁，每月薪水五百元。奉给他的母亲五十元。可惜他的父亲早去世了。海清船主这样很坦白地自述，特写赠一联：“服务忠勤，成功大本；出身艰苦，没世无忘。”

四号，坐“民族”船行。“民族”船主秦铮如，为老友蘅江公子。指示舵楼各种设备，一一说明，并开示行船各种记号，增进我不少常识。

行船记号

行船各种记号：

（汽笛号）

打招呼　通知	——
我靠右边走	·
我靠左边走	· ·
我向后退	· · ·
行礼招呼	——————
嘱对方停	·——· ·
雾中招呼	——每二分钟以内
雾中我停车等候	————
求救	乱拉

（旗号）

蓝旗白方心高挂

二十四时内开船

此旗挂在半竿

立即开船并招关员来结关（签字于路照簿及船单称结关）

一上船，就干一件有趣味的工作，把四川所有出川人物、风俗习惯、民生痛苦、逸事遗闻，写成一百首诗，埋头三天，居然脱稿，名为《蜀游百绝句》，很博得我夫人的称赞，不但称赞我诗，而且称赞我做事的勇猛。这些精神，我倒还敢自信的。

船过湖北石首监利一带，江岸多被潮水冲坍，黄土夹着碧绿的麦苗，倒入江心，从此推测，历年损失人民财产着实不少。

裂山

小孤山过去了。在芜湖以下，忽于江心靠近南岸处，见一山，较小孤略低。我往来长江多年，从未见过。问船主，才知取名裂山，距南京二十二英里。从前舟行，取道江心沙洲的北面，故不见。近因改道，才得发见。若在四川，又多一个离堆了。

“一·二八”去“五九”归

吾是一月二十八日上船的，回抵上海了。今天是什么日子？恰是五月九日。报纸大字登载阿比西尼亚皇率一百一十七人出奔，意大利将于今日正式宣布合并阿国，阿比西尼亚以奋斗而亡，虽亡犹荣。我永远不敢亡凉山的猓猡，我永远不敢忘峨眉的山儿。

附录一：留告四川青年同学书

一、大家把人格建立起来

二、大家把同情心实现出来

三、大家把眼光放大起来

四、努力团结

五、努力生产

炎培第一次来四川，自入夔门，到今两个月了。我来川的目标，除了私人游览山水、病后休养身心和一部分家庭团聚以外，一、想看看国难声中的四川，究竟天产的丰富如何？民生的疾苦如何？怎样才能完成未来重大使命？二、想看看四川一般青年思想如何？能力如何？将如何修养以负荷未来责任？基于前一目标，此两个月来，仰赖当局诸公及各地诸友好的指导与助力，东游万县、重庆、江北、北碚，观地方建设；北游绵阳、剑阁，观剑门关天险；西游灌县，观都江堰水源，登青城山；游峨眉、嘉定，上峨眉金顶；南游内江、自贡两井，观糖、盐及天然煤气之利。所至，尽吾目力所及，来看；尽吾耳力所及，来听；还尽我笔力所及，来记。基于后一目标，凡以对男女青年同学诸君演讲相邀，只须时间允许，没有不应命。自从离开上海，到此时为止，演讲已达三十四次。演讲以外，我男女青年同学诸君，还订期谈话，口头发问以外，书面发问，集团谈话以外，单独谈话，我呢，只须时间允许，没有不应答。有时寓庐缺少座位，乃至席地而谈。自从成都省党部公开演讲，有人投书于我，说：今天听讲，几乎使我流下泪来，要求我在离开四川以前，多写几篇关于青年修养的文章，指示青年今后应走的方向，还可怜那边远地青年，另求设法在边远各地报纸转载。我可爱的青年男女同学诸君啊！这不是我的思想和说话能感动人，实是诸君的善于感动；实是诸君的心头，烦闷到极点了，痛苦到极点了。诚然！诚然！在这样环境里，苟有一分良心，怎能不教人烦闷和苦痛呢？

诸君所感受的烦闷和苦痛，我从诸君口头和书面所发问题中，拿来归纳一下，大概不外下列三点：

一、国难严迫到般地步，想到我国家民族前途究竟怎样，才能恢复吾们的光荣？维持吾们的生命？

二、历年兵灾匪祸，同胞痛苦到这般地步，吾们该怎样来挽救？

三、回想我们青年自身，国家社会正在需要人才，但吾们的出路究竟在哪里？

大概诸君心坎里问题，逃不出这三点罢！那么，吾就对这三点，尽吾所知和所能来解答一下。

在吾没有具体解答以前，吾劈头先贡献一句话："诸君！吾们须坚决地相信吾们中国绝对不会亡的。就是看吾们怎样干法？"

一个国家和民族的生存，有若干条件，看它物产方面的天赋怎样？看他人民的智力怎样？体力怎样？看他民族的历史怎样？这几个条件，不用我细表，诸君都明白，我们不说大话，至少总可以说，件件都在水平线上。所缺少的，就是看吾们人民对自己国家有没有真切的认识？能不能根据他们的认识，从自信心发为勇气？能不能从他们自信心和勇气中间，把各个人的聪明，陶铸成为统一的观念；把各个人的力量，锻炼成为整个的力量？换一方面说，就是看他们能不能把所有聪明和力量，不用在个人的功名、地位、权利种种的争夺、种种的打算上，而完全用在保养和发挥吾国家民族的光荣和生命上？要是他们能了解能实干的话，我中华国族一定不会灭亡。要是不能的话，本来中国不会灭亡的，就为这一点，结果免不了灭亡。这是我多年来对于吾乡顾亭林先生所著《日知录》上一句名言"天下兴亡，匹夫与有责焉"的解释。

我对亭林先生这句名言的解释，还有进一步较深刻的说法：亭林先生所说"匹夫"，是指人人自方的"匹夫"，而不是指对方的"匹夫"。吾常听到本国人最会骂本国，譬如中国人吗！人人都骂中国怎么样！中国人怎么样！而没有想到自己就是中国人。本地方人最会骂本地方！譬如上海吗，人人都骂上海怎么样！上海人怎么样！而没有想到自己就是上海人。吾还听到人人骂人，而把自己提空，譬如老百姓总是骂政府这样不是，那样不是，政府，也是不满意老百姓：愚蠢些，说他们没知识的不好，刚强些，说他们不服从的不好，下级官吏总是不满意上级，说他不体谅僚属啊！待遇不公道啊！而上级官吏也总不满意于下级，说他们取巧，说他们愚笨，乃至文官骂武官，武官骂文官（当然，政府和老百姓相骂，政府该多负些责任，因为老百姓是被支配的。上下级官吏相骂，多少也有相同处）。学校呢，学生总是不满意教师，不怪自己学得不好，只怪教师不会把学问装到吾脑海里来，教师总是不满意于学生，不怪自己教得不好，只怪学生资质不佳，风纪不良。三百六十行，几乎行行如是，仿佛王阳明先生有这么一回事：有一天，阳明先生和他的学生出外，路上有两人相骂，阳明先生说：你们要注意，他俩正在讲学，学生不懂。先生说，只须他俩把骂人的话，转过来责备自己，便是圣贤无上的学问了。就为是吾们个个责备别人，不责备自己，甚至你做，他不做，你要骂他；你做，他也做，你还要骂他；你做得不好，他做得好，你更要骂他；搅到所有聪明，都用在相骂中间，所有力量，都用在相消中间，使得生存条件，永远不能备具，结果便中了亭林先生名言的下半句，就是说："天下亡，你这位匹夫要负相当责任的啊！"

翻过来说，我们站在匹夫的地位，要负起兴天下的责任，却也并不是难事。我们既经了解吾们的国家和民族生存上所缺少的条件，是聪明集中，是力量集中，吾们既然不甘心做安南人、台湾人、朝鲜人，我们先各下一个大决心，把自己所有聪明和力量，不许有一些私藏，不许有一些浪费，完完全全贡献给我国家和民族生存需要的工作上，一切从我个人做起。农工啊！尽我心力来增加生产，改良生产。商人啊！尽我心力来推销国货。教师啊！尽我心力来教民族前途所托命的青年。学生啊！尽我心力来修习将来效用于国家的学业，不管别人怎样，我总是这样。官吏啊！既然献身国家，人人须有鞠躬尽瘁、死而后已的精神；文官，不把政权当作个人立名、个人发财的工具，而但认为是我尽忠报国的机会；军官，不把军权当作保全个人禄位的工具，而愿将军队完全贡献给我国家；领袖，但知服从民众公共的意思，来行使吾领袖的权能，完成吾领袖的职责，对任何方面，绝对大公无私，不管别人怎样，我总是这样。有人说：你这样了，别人不这样，有怎么用处？须知一人这样，别人都会跟上来的。一部大历史，人心风俗的转变，都是一二人创出来的。青年诸君啊！无论诸君现在当学生，将来直接间接替国家服务，这等处希望诸君要“自尊”，要赁凭信心和勇气来担荷这责任，是什么责任？这是匹夫兴天下的责任。

国难严迫到这地步，很多人问政府应付方针怎样？我敢公然说：这一点没有问题。现在问题不在方针而在方法，政府地位，不能跟吾们同样说话。可是政府决定大策以前以后，还有个必要条件，就是必须各个人负起匹夫兴天下的责任，像上面所说。

兴天下当然须根据了理论，提出方案来。这方案，至少要适合三个方面：一、这片地；二、这群人；三、这个时候。这不是短篇说得了。基本的要求，还是在每一分子依他自己的觉悟，对大群负起责任，所以希望诸君先从这点上努力。

诸君既备具自信心和勇气，接受我上边的话，我才敢把对于兴天下基本要求的具体意见提出来。因为吾的具体意见，不是说的，是做的，是希望人人自己做的。

第一，做人最小限度，须让我做一世清清白白堂堂正正的人。知识尽管有高低，但既经根据我的认识，见得该这样做，便得这样做。环境任何严重？须用我定识和定力去变化它。为变化环境，先求适应环境则可，随环境转变则不可。孟子说："富贵不能淫，贫贱不能移，威武不能屈。"备具这三个"不"字，才成一个人，才是一个具有人格的人。前两个"不"字，是常时用的。后一个"不"字，是变时用的。吾来川读过清初彭遵泗所著《蜀碧》一书，书共四卷，专写明末张献忠屠杀蜀人事。官吏、士民、妇女拒贼、杀贼、骂贼不屈被害，有姓名可考的，全书积计，得二百九十人。而不载姓名，如称"合家被杀"，称"某某等被杀"，称"某某等几人几十百人死之”，此类皆无从列计。吾对这样死法，只有局部赞成（中间有不以为满足的，下文别有论及），但吾同时感想到辽吉黑热四省的失守，何以很少听到这类事？吾常游浙江舟山，谒成仁祠，供着鲁王监国时张肯堂等一百二十个神主，殉难士民、职官、妇女，不可以数计，当时我有诗：“……雪交亭前双树肥，成仁祠外风满旗。摩挲栗主百二十，在昔何盛今何稀？……嗟嗟东北好河山，亦有义民无义官，官不生降即生还，低徊今昔空长叹。……”（见吾所写《之东》一四七页）再论到处常，自盗国袁氏以及窃取权位的北洋军人，一面受人唾骂，一面以富贵奔走士大夫，玩弄女性，奉承他们的着实不少，我不欲批评个人名节，我只顾虑到此风不改，国家哪里站得住，只须看四五年来跑向东北当伪官的多少，已够使吾们吃惊了。我青年男女同学诸君啊！诸君是纯洁的、是清高的。该牢牢记着三个“不”字，处常用前两个，处变用后一个，吾第一句话，就是说：大家把人格建立起来。

第二，可怜四川同胞第二次“蜀碧”时代到临了，我亲身听到成都人告诉我，那年省城巷战，双方争一高墩，争一车站，把老百姓驱向前排，拿来消耗对方子弹，老百姓不知死了多多少少！这不过是一部分。据康选宜《川战简史》上说：从民元到前年（民国二十二）战事共四百七十九次。吾到四川来，搜求记载关于匪祸的书，得民间意识社出版之《四川的匪祸的科学记录》中载南江、通江、巴中、仪陇、宣汉、绥定、广元、营山、渠县、蓬安、南部、苍溪、保宁各县人口的损失，某县被杀数几万人，某县被杀十几万人。南江、仪陇最多，各二十几万人，合计一百一十一万人，还说不及记者尚不少。某地发见尸窖若干处，每窖埋尸几百人，数千人。某校操场深坑内女学生尸几百人。更使我大大痛心的，要算通江县河坝附近被水冲出所埋之尸，积之成堤，长几十丈，这还成世界吗？诸君啊！吾们大家想，假使你我亲爱的父母妻子兄姊弟妹，陷在这数目字中间，你我将怎样呢？"同胞""同胞"，他们不就是吾们父母妻子兄姊弟妹吗？（怕实际上诸君的父母妻子兄姊弟妹在内的不是没有吧!）如今造成满地饥民，连日报载：有吃死人的，有吃泥巴的。吾不知此一刻钟内有多少人在将死未死？不知吾写这篇文章几点钟内又死去了多多少少？诸君啊！一二人学说的倡导，少数人思想的转变，影响到这样悲天惨地！诸君此时居然还有机会读书，诸君读的书，不还是政府从将死未死的老百姓身上征到全年赋税六千七百多万元中间划出一部分办学校，聘教师教诸君的吗？究竟诸君读了书，还想作什么用呢？校舍的辉煌，是代表老百姓的血光，讲堂的粉笔，是代表老百姓的枯骨，吾们还忍心读了书去谋个人立大功名，发大财吗？这几千万尸窖中的同胞，算了。还有几千万将死未死，他们希望谁去救呢？诸君！滴几点眼泪，无论那么热，是不够的。说几句空话，无论那么动听，是无用的。通南巴一带吾没有去过，可是到过剑阁一带，男女衣裤已不能完全了。重庆街上躺一死尸，旁人说：又是一个（可见不止一个）。简阳街上十余岁童子叫饿两天而死，死了两天，没有人埋，这是我和我的同伴亲见的。县长、市长不知道，区长在哪里？区长不知道，保长、甲长在哪里？邻舍还有人吗？吾常想对官吏说：你们的工作对象是谁？要知不是上级，是老百姓。你们的后援是谁？要知不是上级，是老百姓。你们的生命线在哪里？要知不是上级，是老百姓。现在不要怪别人了。我第二句话，就是要说：大家把同情心实现出来。

第三，说到民生痛苦，岂但四川？区域远的且不说，时间远的且不说，这一条长江，不是从四川直贯到吾们家乡江苏才出海的吗？去年秋天大水灾，长江流域湖北、湖南、江西、安徽各省被灾的一百四十县，一千四百万人，仅汉口捞到流下来的尸身就有三万具。天门一夜，全县陆沉。这是就我记忆所到，客中不及检报告书，说出正确数目字来。黄河流域更厉害，还没有知道确数。此外天灾人祸，一时还说不尽。是天灾吗？完全是人祸罢了。哪一桩祸患，不是人闹出来的。哪一桩不是人力所可能挽救的。我又要问吾们自己，究竟读了书有什么用处呢？记得元朝一位大儒郝陵川先生（经）有句名言，他说："能救百万生灵于水火之中，则吾学为有用矣。"诸君啊！民生痛苦到这般地步，国难逼迫到这般地步，吾们还读死书吗？还不觉悟吗？这次吾带来东北大学文科毕业生苗可秀烈士遗墨，有好几次讲演介绍于诸君的，诸君也许知道吧！这位烈士联合同志，从民国二十一年七月起，在辽宁省南满路以东，安奉路以西三角地带，干了不少抗敌工作，到二十四年秋，因苦战受伤，为敌人捕去，七月二十五日被杀于凤凰城，临死以前，有一番慷慨严正的演说，使得敌人大大感动，允许他亲笔作书，替他寄达北平师友，吾所带来，就是他亲笔信的印文和他的照片、作品。他的遗书给朋友有几句话，“弟等可在西山为余建一衣冠冢，竖一短碣，刻‘苗可秀之墓’，山吟水啸，鸟语虫声，皆视为余歌余语，余泣余诉（泣系为国事而泣，非为私人泣也）。凡国有可度之事，当为文告我，有极可痛可耻之事，亦当为文告我。弟等思想要正确，精神要伟大，不要忘了我们要做新中国的主人，要做重整河山的圣手。做事不可因为一次的失败，便灰心。不可因为一次的危险，便退缩。须知牺牲是兑换希望的一种东西，我们既然有希望，便不能不有牺牲，不过我们的希望，务须正大而已。”末了，还祝大家为国珍重，更为国努力。诸君啊！我们不是中华民族一分子吗？不都是担荷做新中国主人的使命者吗？不都是接受苗烈士的期望者吗？像苗烈士真不愧为大学生。吾深知道四川青年在东北牺牲的也不少。就退一万步，替四川打算，一日海疆有事，长江下游被敌人封锁，四川出路在哪里？请诸军闭了眼一想，那时候，全国怎样？四川怎样？全国无办法，四川有办法吗？巴东三峡，只是诸君思想上的障碍，哪里够做中华半壁河山的防御。吾第三句话，是说：大家把眼光放大起来。

以上三点，都是希望诸君对己修养的，进而对群，怎样呢？我对于应付国难问题，曾提出三事。在“九一八”以前写《黄海环游记》时，就是这样主张。这三事彼此间有连锁关系，图如下：

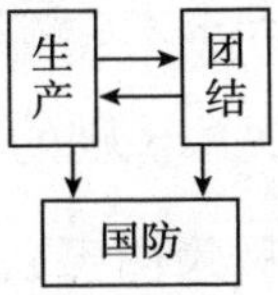

团结增进人的力量，生产增进物的力量，把人与物的力量联合起来，才能构成整个的国家力量，才能建立国防（详见吾所写《五六境》一一六页）。

诸君对群，将准备担负何种任务呢？我就把这些来贡献诸君：

第四，努力团结。我又要谈到《蜀碧》了。在张献忠七杀主义之下，他们官吏、士民、妇女，慷慨赴死，虽受断肢剥皮等种种酷毒，为表现威武不能屈的精神，绝对不降服。站在今天的我们，除了尊敬他们节操的坚贞，与夫重义轻生热烈的情绪以外，还有什么话？虽然终不能不哀怜他们死得价值还不大。在三百年以前的社会情况，自然谈不到什么组织和训练，然观《蜀碧》载贼屯忠州，健斗者十余万，负载者倍之（初版本卷二第二页），而督师杨嗣昌拥百万之众（卷一第十二页），不能善用这些忠勇义烈发于天性的民众，民众自身又没有机会来团结，——稍稍团结，像赵光远、贺人龙在剑州、广元，刘道真在雅州，王应熊、樊一蘅、杨展在叙州，皆能抗贼自保。——说到这里，我不能不叹苗烈士苦战三年而死，死得价值真伟大。这价值的造成，就为是能团结，就为是经过若干时期的组织和训练。凡两民族对抗，谁胜？谁负？人数多少的关系小，有无组织训练的关系大。无组织训练，人数虽多，可以长期被压于有政权的他民族。别的不说，只须看雷马屏峨被掳为奴隶的汉人（他们被称为白夷），其数四倍于掳人的猓猡（黑夷），竟无法自脱（人数详西部科学院《雷马屏峨调查记》六十四页）。猓猡尚且这样，对今日的敌人，可以自恃我的人数四五倍于彼，不注重组织训练，而希望胜利吗？且不说胜利，希望能生存吗？

有许多现象是矛盾的。好群是人类的天性（岂但人类，凡动物都是这样。寓庐新来一小犬，因为脱离了他的阿母阿兄阿姊，在我写这篇文章的时候，整整地叫了一夜），可是“不能群”又是人类最有力的公共的大敌。我常想全世界十九万万人来一个大团结，不大妙吗？不斩却无数葛藤吗？世界是一天一天往这上边走的，只须看国际组织，一天一天在那里增加起来了。可是前面有一极大礁石，就是语言文字的不统一，我又想把世界所有言文，共同指定一种作为标准（世界语 Esperanto 也好，就各种言文中指定行用最广的一种也好）。每一国家，除了本国言文以外，只须学一种标准语，就是每一个人，只须学两种言文（连他本国言文在内），岂不简捷痛快。而每一重要出版物，都须译成标准语，这样，世界文化前进的速度，必增加不少（像言文特别困难的我国，就我亲身体验，每一青年，至少总须消耗百分之三四十的精神与时间，在学习外国言文上）。而因全人类言文的统一，便促进全人类的大团结。这是我的理想。诸君！我们中国的不容易统一，文字固无问题，语言的障碍着实不少呀！黑龙江人跑到广东去，琼州人跑到绥远去，这种语言的障碍，哪能不影响到精神上来呢？打破这种障碍，交通的开发是一大利器。我是江苏省川沙县人，从家乡到成都来须五千里，但我到这里第一天的感想。只觉眼前景物，和吾乡没有大差别，从此可以悟到民族的迁流，于河流关系绝大，因为这五千里都依靠这一条长江的缘故，我深信粤汉川湘几条重要铁路告成，于促进全国团结上定有绝大帮助。

可是时局的要求这样严迫，还能耐性地等到将来吗？我们必须研究出一种团结速成法。

原来团结有两个必要条件：一、须有共同的目标。二、须有信仰的领袖。备具这两个目标，精神才能集中，因领袖命令之有效力，而行动更能一致，团结就成功了。我们的共同大目标，就是国家和民族的生存，而因他方暴力的压迫，使大家对国家民族很薄弱的观念，不能不立时浓厚起来，今后只希望将这观念发挥到一般民众方面，发挥愈广，团结愈有望，这就是吾们应公共担负的一种责任，尤其是青年诸君宜注意。至于领袖信仰问题，我该先把原理来说一说：我们只须看人身，没有首脑，能完成全部生理组织，能发挥他的功能吗？十个足趾，十个手指，每个装上一个脑袋，能成人吗？并看看乐队，合几十人百十人成一队，没有一个指挥者，能奏成曲调吗？拉提琴者要用甲调，吹大箫者要用乙调，没有人来统一，能入调吗？不消说大规模乐队，就只“小红低唱我吹箫”，我要昆曲，小红偏要皮黄，两个人就闹翻哩。

我们中国人为什么对领袖信仰问题，发生一般大障碍呢？其中有两大原因：一、就是前边所说，相骂多，相助少；疑忌多，服从少；人家有种动作，总猜做坏事，不信人家能做好事；“既生瑜，何生亮?”“两雄不并立”“两贤相厄”“文人相轻，自古有之”。这一类古语，这一类先例太多了。于是一乡有一乡的瑜亮，一县一省有一县一省的瑜亮，一国有一国的瑜亮，你要做件事，不论好坏，我破坏你。我要做件事，不论好坏，你破坏我。前任做的事，后任来破坏他。后任做的事，还有后任来破坏他。尤其是我做不成或做不好的事，你能做，做得好，非破坏不可。所以搅得全国几乎不能做成一件好事，不能产生大家所信仰的一个好人。领袖问题，尚何从说起呢？二、因推倒满清，养成厌忌一切统治者的变态心理，并养成不需要统治者的谬误观念（民国就只是被统治者和统治者地位不固定，若以为不需统治者则大误）。对一般人，既以恶意推测，尤其是对统治我者，不肯以善意推测。于是领袖问题，更无从说起了。

可是生存条件的要求，只有因压迫严重而加紧，决不会因上边所说种种障碍而减轻。不团结只有一条死路，没有第二句话。

团结速成法怎样呢？从自己做起，拿至诚来对待人，拿善意来推测人。“人之欲善，谁不如我？”我爱国，难道人家便肯卖国吗？（真演出事实来，当然不宽恕。）而且以恶意待人家，至少使人减少为善意的热心和勇气，或者因灰心而颓丧，因愤激而横决。所有因此而使社会国家蒙受损失，此项损失，皆须由恶意测人者负责。诸葛武侯治蜀，就是六个大字：“开诚心，布公道。”诚心是精神，公道是事实。吾青年同学诸君啊！不必等将来为社会国家服务时，才发挥这种精神的。现时在学校里，有师长，有同学；出校，有亲长，有家人，有朋友；到处有团体，有领袖，从今日起，从自己起，拿我的至诚来对待人，拿我的善意来推测人，看影响怎样？或者约定一般朋友，大家来这样干，看影响怎样？

现时各学校多提倡童子军和军事训练，好得很。这中间包括锻炼体格，激发志气，整齐动作，练习劳苦种种作用，也就是练习团结的基础工作。很希望切实干下去。很多同学问对国难应干什么工作？吾敢说：这就是最重要工作之一。

我来四川，发见一点很不满意，就是一般民众体格不大好，尤其是万县、重庆、成都等处的劳工，有的几乎枯瘦得不像人，当然是吸鸦片关系，还在干那很辛苦的工作。同时却发见很满意的一点，就是各学校学生体格多数很好，尤其是女学生。我所到的成都、重庆、北碚、嘉定、峨眉、眉山、绵阳、剑阁、内江、自流井，绝大多数是强健。我很欢喜，但希望把这精神发挥到社会一般人的体育上，吾在此附带提及。

第五，努力生产。说到生产，吾们中国是很可怜的了。农村何以破产？既是农业国家，何以早几年农产品进口占到第一位？还不是到处人造的天灾，以及兵灾、匪灾，搅得生产减少，加以交通障碍，调节困难，到这地步吗？别国多建立起关税壁垒来保护生产，我国敌人不在门外而在门内，请看沿江沿海较大工业、商业、航业，乃至矿山这一切是谁的呢？这些且不谈，吾来报告海关最近几年入超数：

民国二十四年	三万万三千四百余万元
二十三年	五万万零三百余万元
二十二年	七万万三千三百余万元
二十一年	八万万六千七百余万元

就这四年间入超并计已达二十四万万六千七百余万元了。诸君要明白，向外国购货不能用我国纸币的。这出入口相抵不足之数，即是现金（指黄金——编者注）出入相抵不足之数。试问这样巨额流出，中国究有多少现金可供亏耗呢？我敢说，如果没有别种抵补方法，而还是这样狂态的入超，不到一二

年，不必打仗，中国已就完结了，所以这问题的严重性，实不下于国难，或者可以说是无形的国难。

怎样办呢？只两个办法，可是都要吾们每个人自己来干的。其一，消极的人人不用“非国货”。我们既然知道买外国货要用现金，我国现金这样缺乏，多用一分外国货，等于贫血病者多流一分血，有这样确切的认识，大家对己来一个内心的坚决的宣誓，对群来一个随时随地随人不断的运动，就是非万不得已，非万万不得已，决不用外国货，因大家不用外国货，于是外国货商无利可图，不再向外国购货，于是输入减少，现金保留，才得把留下的现金，向外国订购为维持维护国家生命而急要的如飞机大炮等应敌必需品。同时因大家都用国货，于是国货畅销，制造家乃得因销路打开，厚集资力以从事改良与推广，并因品质的改良，产量的增进，得于自给自足以外，进一步向外推销，换取他国现金，储为我用；而入超坏现象，渐渐地变为出超好现象，这经济局势的扭转，全在我们每一个人肯尽一分力，在这一点上倒不须仰面求人的。有此机势，加以政府努力整理金融，奖进工业，用有效方法，来调节，来推广，或者经济上因此得一立足点，也未可知。其二，积极的人人从事生产。关于这点，吾不能不从教育上说起。

教育是方法，不是目的。是预定了一种目的，而以教育为达此目的的方法。譬如说：各国教育普及了，吾国也该普及一下。这未免不成话了。等于父兄对子弟说：别家都在上学，你们为什么不上学？这都是但知办教育，上学是应该的，而没有知道为什么教？为什么学？因为历来政府办教育不一定有目的，所以学校多，学生多，便算有体面，有成绩。因为父兄命子弟上学不一定有目的，所以能毕业，能升学，便算满足，算光荣。四十年新教育，最大吃亏，就是和社会生活脱离关系。到现在大家明白了。国家民族生存的要求，团结以外，还有生产。可是教育和他个人生活都接连不上，还讲什么生产？

现行的学制，小学六年，是国民教育，是教些做人的意义，做国民的意义，但也不该离开他们生活环境的。初中三年，以普通为原则，以农工商等分科为例外。但年龄在十五六岁，在此年龄，察知他们的天性和天才，帮助他们决定以后修学服务的途径，这叫作职业指导。初中对学生应负这特殊任务。高中便以分科为原则，以普通为例外了。这都是现行学制的本意。小学既离不开他们生活环境，毕业后在他们原有环境中找生活，当然无甚问题。初中高中普通科都是以升学为唯一目的，设上级学校不能容，而又无短期职业科可升入，简直等于断港行船。或者普通初中毕业，离开他们生活环境，没有过远，多少还可以想法，至于普通高中毕业，更少办法了。所以办许多普通初高中，实是很不相宜的现象。前清光绪二十八年桐城吴挚父先生（汝纶）赴日本考察教育，归来写一本《东游丛录》，中间与日本文部大臣菊池谈话一则，菊池说，日本中学办得未尽善。德国亦未完善。中国可缓办中学。专重大学小学，各省立专门学校。小学卒业，为农为商工，各任自由。大学由预备学校升入。若必欲与小学相接，可于预备学校下，更设一预备学校，中学校可缓办。还谆嘱中国勿蹈日本覆辙（详见《东游从录》日记第五十九页及《函札》第七十六页）。可惜三十五年来少人注意，到如今还是满地普通中学。

我来四川，承教育厅检赠《四川全省中等学校概况》，将现在普通初高中学生数一项细加检核，得全省共数如下：

初中	男	26460	35641
	女	9181	
高中	男	3532	4334
	女	802	

初高中各三学年，依常态，一二年生较多，三年较少。今假定三年生占全额四之一，则现时应有：

初中三年生　3910

高中三年生　1083

此即是今夏毕业生数。初中毕业生三千九百一十人。试取高中总数四千三百三十四人，以三除之，得一千四百四十四，即高中一年学额。上开初中毕业人数，减去高中一年学额，余二千四百六十六人，即是今夏发生出路问题的初中毕业学生数。访问本省三大学——川大、重大、华大近年招生状况，合计恐不能过五百人，上开高中毕业人数，减去五百，或当有小部分投考外省大学，然定有早几年毕业到此时来投考的，则今夏至少当有五百名以上发生出路问题的高中毕业学生。即使他们自己无力升学，亦当替他谋出路。愈无力，愈急求出路。即不为学生打算，这多少青年，受多少年教育，废弃不用，为国家人才计，岂不可惜？仅四川一省，一个暑期，初中有二千四百人，高中有五百人发生出路问题，这已够使行政当局焦忧了。积多少年，多少省份，社会还不会受影响吗？

所可怜的，一方面青年发生出路问题，一方面国家需要人才，还在发生来路问题，摆在面前的一条成渝路，一条川湘路，需要多少机械工科人才？多少土木工科人才？多少管理人才？这不过举例。此外造林不需要人才吗？改良农业不需要人才吗？航业不需要人才吗？新事业凡有兴作，旧事业凡有改进，哪一件不需要人才？除了高级专门人才以外，哪一件不需要中级助理人才？需要数量，比高级要加起很大的倍数，最适当的方法，就是把初中高中毕业生，已有国民教育和普通教育根底的，加上若干时期专科训练来应用，只不宜枝枝节节办，要是枝枝节节办起来，竟可以造成了专科人才，还是没有出路。必须由政府通盘打算，预计二十五年度，办若干事，二十六廿七年度，各办若干事，需要何种人才，高级若干，中级若干，由教育行政方面依照所需要学科和数量，就现有学校通盘筹划到某校办某科，某科该定几年毕业，定多少学额，这样办来，供求相剂，才能达到事事得人，人人得事的目的，而生产问题，才得根本解决。

以上种种，当然由政府方面发动。至于学生自己，难道坐等着，就够了吗？要知自己修养不努力，竟可以在政府良好计划之下，进了专科学校，毕了专科学业，别人都飞黄腾达了，而我还是不行。所以还要回过头来，观诸位自己努力：知识要切实，技能要精熟，而还要注意上边所说人格。

上边所提供求相剂计划，全为行政方面设策。话虽如此说，社会情形何等复杂？各人有各人的环境，各人的机遇，尽可各奔前程，向着他要走而能走的路走去。不过吾所希望的，职业分三种：（一）直接生产的。如农林渔牧、工业制造等。（二）间接生产的。如官吏、商人、医生、新闻家、著作家等。（三）非生产的。如音乐师、画师等。第一种当然贡献最大；第二种虽非直接，然于生产上却有同样价值；第三种根据各人天赋，虽非生产，于人类亦有贡献。唯有家居坐食，无所事事；或拥遗产，或贪安逸，个人生计问题，关系还小。就社会经济立场看来，这等人直是社会上绝大蠹蠹。还不如守几亩薄田，躬耕自给。或利用几间老屋，督率家人，亲身纺织，或深入乡村，教一般乡农，不必有学校的形式与名称，而倒有教育的实际，陶行知先生倡小先生制，小先生可能，难道诸君年龄和能力，够不上小先生吗？这都是和诸君充类说到这里，不必有这些事，不可不存这般想。须知这样干法，他的价值，正不宜轻视的呀！还有一点，从事生产，无论采何方式，必须根据科学。希望诸君切勿忘了世界一百五十年来的新贡献，必得大家信仰科学，研究科学，利用科学。

以上五事，前三事对群，后二事对己，我就把这些答复诸君心坎里三大问题，诸君以为怎样？或者说，第一个国难问题答复过了。第三自身出路问题答复过了。就是第二问题同胞痛苦，究竟这些办法够解救没有？我敢说：如果一方把同情心扩大，一方人人从事生产，物质精神双方并进，再加上全国团结起来，我想今后同胞们决不会像过去的痛苦吧。

自从“九一八”国难发生，吾们一般同志发行一种刊物，叫《国讯》。因为内地青年很多写信来问：国难现状怎样？怎样挽救？所以把这刊物代替复讯。我除时间不允许外，差不多每期都有文字。诸君如有关于国难或个人修养问题，尽可向“国讯”通讯发问，可以公开答复，或通讯答复。（发行处详后）《国讯》提出四种根本上修养：一、高尚纯洁的人格。二、博爱互助的精神。三、侠义勇敢的气概。四、刻苦耐劳的习惯。没有这四种，吾们以为不配干救国工作。

有许多女同学，提出今后出路问题，究竟向家庭里去，还是向社会上来？吾说两边都去得，两边兼顾更要得。可是有两个要点：一、女子务须和男子同样地为社会国家服务；二、女子务须养成生计上自立。上边所说种种，不单对男同学说，也是对女同学说的呀！有一本小册子，叫《新生活与妇女解放》，是现任四川大学任校长夫人陈衡哲女士写的，正中书局出版的，大可供诸位女同学参考。这本书所说，吾是十二分赞成的。

有许多男女同学，提出男女问题，我当时发表意见很多，概括起来：由男女结为夫妇，当然是感情作用。可是有两个要点：一、宜经过较多方面的比较观察，然后成立假定的对象。再经过较长时期的考察，然后由假定成为确定。因此双方年龄宜待稍长些。还有一点，须替对方想，我满意了，对方满意吗？我有办法了，对方有办法吗？（这点尤适用于男对女提出解除关系问题时）还须回过来想想自方，我所责望于对方的，我自己怎样了？在没有确定关系时，只觉这对象真至善至美了。及关系确定，才悟至善中还有未善，隔几时竟觉大大的未善了。同时才悟至美中还有未美，隔几时发见这美也平凡得很。再隔几时，大悟世上还有美于此者，这简直是不美。哈！哈！原来爱情是盲目的呀。

还有人提出读书方法问题，我原概括地说，读书有三想：一、想我为什么读书？二、想这书该怎样读法？三、读了以后想比未读时怎样？凡读书提要记录大概，可以得极大帮助。

凡我对诸君说的话，都是我对弟妹对子女说的话，而且是常常勉励我自己实践的话。

我去了。此书发表的时候，不久便是我离开四川的时候。诸君以后如有问题，尽望随时通信。此行承各地青年热烈相待，心中非常感激。有的学校，有的公团，以及各地有约我参观或演讲，如灌县、梓潼、乐山等处，限于时间，不能应命，附此道歉。末了，还要复述苗烈士遗书结束语：祝大家为国珍重，为国努力。

附启一：作书者固定通讯处：上海环龙路中华职业教育社。

附启二：《苗烈士遗墨》已委托成都祠堂街开明书店翻印，酌取印资。

附启三：作者五年来所著书：《黄海环游记》《之东》《五六境》《断肠集》，均由各地生活书店发售，成都开明书店亦有寄售。

附启四：《国讯》发行处：上海亚尔培路二一七号。四川寄售处：成都开明书店，重庆售珠市北新书局。

民国二十五年四月黄炎培客成都。

附录二：改造新四川管见

上四川省政府刘主席各厅长并上国民政府行政院蒋院长

炎培初度来川，以当局之指导与赞助，得充分观察现况；复承虚怀下问，不揣冒昧，略陈所见，聊备参考，知一切已在诸公筹划中也。

一　改造之必要

川省频年兵灾匪祸，元气大伤，失今不图，后将无及。必要一。

国难严重到此地步，四川将为后方重要区域，四川问题，将形成全国核心问题。不加改造，何以完成未来重大使命！必要二。

二　改造之可能

中央政府自蒋先生就职政院长，励精求治，惟日不足。川省今后关系重要，早为中央所认定。及此计划改造，恰合中央既定方针。可能一。

以前改造川省最大障碍，莫如政权之不统一。今后蒋先生、刘甫公之努力整理，全省政治系统，定于一尊；且新政府亦已正式成立，权责分明。可能二。

川省自治安恢复，政府成立，不惟全省喁喁望治，且以国难日趋严重之故，全国人士对川省前途，莫不获得一种新认识，因而发生一种新希望，在此时间，无论精神上物质上，乃至人才上，川省皆容易取得各方助力，尤为改造最好时机。可能三。

从事改造，有两大先决问题：

一、川省与中央之密系

川省今后改造工作之效能，将全视地方与中央间关系之密度。但事实上容有双方不易兼顾之处，似宜将工作分为三类：

第一类，不须取得中央同意，川省有权可办者。此类宜尽先办，须办得切实、周到、迅速。

第二类，必须取得中央同意，但比较容易取得者。此类俟取得中央同意后，同样地办得切实、周到、迅速。

第三类，不易取得中央同意者。此类在未得中央同意时，尽从缓办。好在有前两类工作，努力于先，取得民众的信仰与中央的信赖，自较容易。国难到此地步，第一重要口号，在乎全国团结，此是国家今后生死两路的岔道，亦即四川今后生死两路的岔道。设遇某事项，国家与地方利害不一致时，为顾全国家的利，宁牺牲地方的利。

二、将川省门户完全打开

一旦海疆有警，长江下流，被敌人封锁，是很可能的事。此其影响，岂惟川省？直是整个的国家生死关系。又如陇海东段之被封锁，当然亦是很可能的事，则陕甘西北一带又将如何？今成渝路行将开办，川湘路亦在进行，至少须于最短期间，筹建同成路之西安、成都段，西北各省才得通长江，由川湘达粤汉出海。然太平洋大战，如竟发生，则香港、九龙、广州湾一带，尚能受日方同样威力。最好由川湘展筑至贵阳，至昆明，则吾国西部取得一海口，即由滇越路出海防。最好更由昆明西展至滇边，俾与滇缅路通，如此则又得一海口，即由滇缅路出仰光。此两海口虽非我有，好在不系乎一种势力之下，周旋之余地较多。由是而川与陕甘黔滇，即进至中部湘鄂等省，皆将大受交通影响，如一局危棋，造成两眼，到此地步，恐东邻亦将有所顾忌，而稍变其横行态度矣。明知此非绝对满意的计划，且欲求完成，障碍重重，大非易事。然为半个国家求一条生路，再四筹思，总觉舍此竟无办法。修筑公路，只可临时应急，若求大规模地对外输出入之利便，则万不够，想此事亦早在当局筹虑之中。得此一线生机，然后就西部各省，置生产、运输、销售，一切活动于统制权能之下，国家财政，社会经济，皆将因此获得办法。进可以战，退可以守，此全国利害，与川省利害站在一条路线上者也。

就川省言，打开门户政策，不惟物质为然，尤须注重精神方面。其方法如——

一、刊物流通之迅速；

二、无线电消息之广布；

三、鼓励出省考察游历，——就假期组织学生旅行团，此事可与民生公司特约合作。

四、导引省外人来省考察游历。

凡此种种，皆将使一般民众思想，扩大到国家，到世界方面去。从此不受三峡拘束，则一切改造方法，定将易于推行。

改造事项，千端万绪。今请提出两大问题，作为中心而一一系属之：

其一，民众中心问题。

民众是一切设施的主要对象。

此行目见耳闻，刺激我最甚者，实为川省一般民众历年所受痛苦，到今名为免除，而实未免除，明知以前尚有更深之痛苦，然中央政权到达，省政统一，政府成立，民众发生新希望后，而仍不获免除，未免因失望而嗟怨。且对于各级政府，因此未能树立信仰，政府确有造福民众的意思，救济民众的计划，而以信用未立之故，凡有文告，凡有设施，民众动以恶意相猜测。又值国家多故，政府正须用民之际，亦以信用未立，动生疑沮。孔子说：“君子信而后劳其民，未信则以为厉己。”此实为一切施政根本上之障碍。从表面看来，似乎我施我政，民众信我与否，暂可不问。不知民众对政府信仰减少一分，即受匪人诱深入一分。土匪可以诱惑，教匪可以诱惑，万一国难加紧，敌人迫我，今日可以供匪人诱惑者，明日何尝不可以供敌人利用。华北之变，汉奸之养成，全国大局之可忧，即系于此，诚非可轻视也。政府取民用民，不外两种。窃尝对于此两种，立标准如下：

取民之财，取其有余。

用民之力，用其闲居。

凡政府有所征于民，古今中外，任何学说，皆不能否认此原则。苟取民用民而超过此原则，不惟民心向背关系，必且影响生产，等于杀牛取乳。

请提出两问题于下：

一、如何减轻人民经济上之负担？

现时川省人民负担，以田赋论，虽经省府尽力整理，然就所至各县实地访问，一年尚须征七八九年乃至十年以上之粮。川省粮额，本较他省为轻，但加上七八九倍乃至十倍之多，则已超过田赋素重之江浙。对有田而不自耕之田主，虽重些，似尚说得去。但闻川省自耕农实居多数，宜以自耕农为标准，查知现时负担额，究竟超过其负担能力多少？

如何查知？取其简捷，拟用标准调查法。其法，取全省一百四十八县，除去有特别情形，——如匪区，以外就其散布各方，而认为可以代表川省普通状况者，指定若干县，——假定十县，每县就认为可以代表该县普通状况者，指定若干区，——假定五十区，每区指定自耕农百户，合计可得五千户；取预定之表式，分头查填，凡各该户生活需要状况、生产状况、赋税负担状况，一一详载。此五千户合计可得：（一）农民生活需要最低度平均数；（二）农民生产状况平均数；（三）农民负担状况平均数。就此三数研究，如第二数减去第三数，而尚未低于第一数即是负担未超过其能力之征象，自无问题。如第二数减去第三数，而低于第一数若干，即可认为应减轻若干。

依此办法，可在短时期内测定川省人民对于田赋负担状况与其应减数量，皆可用数目字确实指出，而指出应减数量以后，即使因由财政关系，一时不能如数轻减，亦可分年逐渐轻减至合度为止。

二、如何节省人民劳力上之负担？

人民劳力上之负担，以筑路运粮二事为最严重。义务征工筑路，本为应付军事不得已之举。“力役之征”在理论上亦尽有根据。但各地奉行，于道理上，期间上，或不能悉如政府立法时之本意，致民众深以远道应征，农忙弃业，既不给资，又须自食，食尽而不蒙放归为苦。炎培游绵阳、剑阁一带，实亲闻之。而民众挨户征发军粮（亦给粮价，但距市价尚远），壮丁被迫输送，此辈壮丁，用绳索捆系成串，兵士荷枪押送，亦亲见之。运粮亦有向居民征费给酬者，但认为所给不够供沿途食用，而地近前方，尤少生还之望，致民众怨称：抽税要吾们的钱，征工要吾们的命。

运粮一事，当然不能不办。“不出汗者出钱，出汗者得钱。”唯有根据此原则，就可能范围，力谋改善。筑路一事，知当局亦正在筹划改善中。鄙意对于今后待筑之公路，宜从新估定其价值。可分三类如下：

一、确为军事上所急需者，提前办。

二、合于经济条件，如路成该地有大宗产物可输出，于民众有大利，宜于民力休闲时举办——仍宜酌给酬资，以受益者一般民众，或某部分民众，而出力者另一部分民众也。

三、如不合于经济条件，并不合于军事条件者，宜停办。

公路如普遍用汽车，大耗汽油，增加金钱外流，是大不可。晤见行营贺参谋长，方知研究改用公共马车，但亦有人谓川省坡陀太多，上坡时马车不适用，究竟如何方为适当，尚候当局妥酌，特附及之。

以上为消极办法。今请对于民众提出积极的若干问题如下：

一、如何增进壮丁训练的效能，而减少其流弊？

中央政府严令促办壮丁训练，川省干部训练，各县已将办竣，即须接办壮丁训练。鄙意有必须注意者数端：

（甲）受训练之壮丁，须限于有职业者。

（乙）训练以设法使不妨碍壮丁原有职业为要。

壮丁训练，而以无业游民充加，流弊甚大。本无职业，受训练以后，无所归宿，公家既无法收用，更无力豢养，地方种种不安分举动，甚至进而影响治安，皆由此而发。川省现有保安队，已成问题。他省类此之事，有流弊至不可收拾者，切望今后勿蹈覆辙。此尚仅从消极防弊方面，积极说来，吾国今后最需要，就是有职业壮丁的训练。所谓：有恒产者有恒心，使之明了国家民族的意义，人民的权义，国难现况与人人应负的救国责任，此等人平时为努力生产的良民，一日有事，进而为国家效命疆场，退而努力生产，国家元气，民族生命，皆系于此辈，壮丁训练意义之重大，即在于此。

既以有职业壮丁为限，则训练地点，宜散而不宜聚，须使就近受训，不致远离庐舍，舍弃耕作。既在统一编制之下，则一旦发令集中，即可成军，不足虑也。

（丙）“练”之外注重“训”，须统一规定材料及其施训顺序。

形式上之整齐团结，在乎练。精神上思想上之集中与激发，在乎训。如何规定材料与施训顺序，宜派定专员担任，而尤要统一施行。

全省一百四十八县，除匪区或有特殊情形者外，假定至少一百县，每县每期至少五百人，则一期即可得受训练有职业之良民五万人，连续十期，得五十万人，川省基础粗立矣。

二、如何扩大推行民众教育？

三、如何普及学龄儿童的国民教育？

上二事，知教育行政当局早经筹议办法矣。

对于民众以此三事完成“教”的使命。

四、对各县原有之保安队，如何整理？

五、对民间原有之秘密组织，如何采取适当态度？

放任与严厉压迫，皆非所宜。似宜指导之使渐上轨道。

以上数问题解答方法，皆须根据事实，既未明了，无从悬拟，但深信此数问题皆含有非常重要性。

尚有一事，即川北匪区之善后问题，非常严重。通南巴一带，据报纸所载，有食死尸者，有食泥土者，此虽未经目睹，但就绵阳至剑阁间，已亲见男女衣裤不能完全。闻中央政府省政府已商定筹拨巨款救济。此事要点，在恢复春耕。如发给种粮、购备耕牛、发给资本等等，此时清明初过，实为刻不容缓之事。如春耕尚及恢复，则一熟收成，养活无算，政府亦可省节无数赈款。否则杯水车薪，恐补救不能多也。至于合作社办法，此实非仓促所能办到。

其二，经济中心问题。

经济是一切设施的基本条件。

川省天产之富，自不待言。历年天灾人祸，所幸生产基础尚未毁坏，此时犹可有为。建设行政当局有思想，有魄力，知一切办法，皆在筹议之中，所苦者二事：

一、开发生产，必须资本。

资本何在？取之于官，则财政艰窘至此，甚少增筹之余地。取之民间，则工商凋敝，既少余力，亦少信心。如人骤然跌仆，呼吸停滞，此时施急救术，唯有接气一法。谁来接气？是一问题。

二、增进生产，须从整理组织入手。

利于彼，或不利于此；利于全局或不利于一部；利于将来，或不利于现在；利在骨子，或不到利在表面；普通人可与乐成，难与图始，眼光之远近，心地之公私，皆不能责之一般人士，而其影响，皆足使事业之成功，减少成分。

但以上两事，智者决不因此穷于应付，勇者决不因此减少进取。唯有“临事而惧，好谋而成”耳。

谋经济上复活，只有采用一种方式：“统制。”

提到“统制”两字，便不免使常人闻而惊疑，其实平淡之至。但看人身全体的组织，即是“统制”的极好模范。人身健康程度的充分，即是统制效能的充分。

在全社会未了解统制意义时，施行统制，亦有方法：一、不用统制之名，但举统制之实，如粮食统制，称粮食管理局，而不称粮食统制局，使人人减少刺激。二、多用间接统制，少用直接统制。如授权同业公会，或扶助组织合作机关，执行统制。而政府以政权导于前，盾于后。其他一切，或以较温和之手段逐渐行之，皆为减少阻力有效方法。

今请提出数要点，为施行时之参考：

一、在此时期施行统制，无论如何温和审慎，难免遭多少方面之反对。故主持全局者，小心行事，既行，须下绝大决心，慎重用人；既用，须具绝大信心。否则负局部责任者，势必无从进行。

二、所有计划，须根据科学上精密的调查，为慎重的设计，万一于事实上发生抵触，使计划本身成为问题，适足增加怀疑者的疑念。

三、凡事有远利，有近利。大计划须谋远利，但在社会经济枯竭，民众信仰薄弱的时候，必须同时规划近利，使于较短时间，获见显著的利益。譬如造林，二十年后成材者，须与五年十年成材者，同时下种。使五年获小利而兴奋，又五年又获小利而兴奋，二十年而大利成。

四、吾人念念不能忘国难。为平时计，还须时时为战时计。例如金融问题，如何稳定整个的金融？尤须筹划到将来如何应付非常时局？此时尚有片刻闲暇，正给吾人以准备非常的最好机会，不宜错过。

五、不拘于一地方利害，必须着眼整个国家利害。此点最费考虑。例如新盐法势在必行，届时川盐用何法使之存在？计划川盐时，当然须着眼全国盐政。否则将来仍是蹈空。

六、公经济与私经济，固须同时兼顾，尤须极端注意平民利益。例如辅币，虽是小问题，然其影响于平民生计，比主币为大，必须从速统一整理。今闻中央已颁新辅币，尚望迅速统一推行。

既着重于平民经济，则如工业，机械工人之提倡，应与手工之改良，同时并行。机械工重在大量生产，以向外输出为主要目的。但手工既为一部分乃至大部分民众生计所依赖，岂宜听其自生自灭。——成渝路一带手工纺织较少，但亦有之。绵阳、剑阁间较盛，据云较最盛时尚存三分之一。——宜从速加以指导改良，如纺工，由单缕而进于多缕。织工，由丢梭而进于拉梭，乃至铁机。此应以自给自足为目的，不使与机厂出品成竞争局势，则改良存在之余地正多。

民众对政府信用如此薄弱时，最好选取一二种事业，利虽近而显，虽小而普，使民众亲身沾到实惠，则以后一切设施，必大得民众同情与拥护。

七、如何接气之法，最合理莫如吸取省外资财。此惟大规模之企业，才有吸收外资的资格。铁路，其一也。航业，其一也。尝游自贡两井盐场，余盐甚多，质美而价廉。此大可供化学工业制造之用。天然煤气，使用有余，听其飞散，此中损失尤巨。此宜邀请化学企业家——学者虽精于研究，尚不容易发生事业。——之卓著成绩与实力者，实地观察，必能引起其浓厚之兴趣。一经号召，资本来而事业成，此亦吸取外资一法也。

尚有一事，如何在可能范围内，限制外国货之输入与推行？似亦可慎重研究。

以民众与经济为两中心，所有鄙见，既如上述矣。或疑一方主张轻减人民负担，一方主张开发增进生产，以裕公私经济，前者急，后者缓，恃吸收外资为接济，此接气方法，虽非画饼充饥，亦恐缓不济急，事将如何？自惭鲁钝，身居局外，未能为精切的贡献，姑提出两点：

一、依二十四年度预算支出军事费四千万元，此项不知有何腾节余地。

二、在不背“取之有余”原则之下，不知有无增加收入之可能？例如所得税、遗产税、奢侈消耗品税等，就中央法令容许范围，有无办法？

此皆有待当局诸公荩筹硕画矣。

以上系属于民众与经济两大中心诸问题，如获得解决方案，则民政财政诸问题，即与之联合解决，以其间许多方面，与民政财政有关也。而教育行政，亦得因此确立如下之方针：

一、大学教育。

凡科系之设立，学额之多寡，均宜根据上开各项建设事业，或其他事业之需要。

二、中学教育。

普通高中，须尽力减小，以足敷上级教育机关收生名额为准。

普通初中，此其设置，亦不宜过多，以足敷上级收生名额为准。

职业学校或职业科，视上开各项建设计划需要人才之种类与其数量，而为适当之规定。

高中毕业生过剩之预测

承教育厅开示《全省中等学校概况》，就学生数一项，略加核计，知川省本学期有高中学生四千三百三十四人。高中共三学年，依常态，一二年学生较多，三年较少，假定三年生占全额四分之一，则全省现有高中三年生，即本届暑期毕业学生，应得一千零八十三人。普通高中，专以升学为目的，无农工商教师服务之准备。而访问本省三大学，——川大、重大、华大——近年招生状况，合计恐不能过五百人。或尚有一小部分投考外省大学，则至少今夏川省有五百名左右高中生将无出路。此则有待于教育及建设两行政当局之筹划矣。

各省有设建教联合委员会者，此法甚好。教育方面历年学生出路，除师范生外，皆须有赖建设行政方面之录用。——民政财政录用学生之机会，当然亦不少，而以建设为主要。——即平时学科之设置，学额之规定，与夫场地等一切设备之筹划，建教两方，均有联带关系，为事事得人，人人得事计，两厅确有极端联络之必要。

三、小学教育。

四、民众教育。

此两项，应尽量推广，以分年推广达到普及为目的。

师范教育，应视前两项需要之数量而规定之。

教育问题，制度以外，尤重精神。为改造四川全省民众心理，统一其思想，激发其志气计，主张特编一种歌，名曰：《新四川》。

编制办法与其顺序，拟如下：

一、由教育厅组织新四川歌编审委员会。其人选除当局外，应包括教育家、文学家、音乐家，及地方负有声望者。

二、由委员会公定此歌所应包含之若干要点。

三、县将征求歌词及曲调，并得特约专家担任之。

四、由委员会公定应征期限与其他办法。

五、由委员会自行审查或特约专家组织专门委员会审查决定之。

六、歌词及曲调决定后，以省令公布之。

七、凡全省各机关，学校以及公私各项组织，须一律唱此歌。或于唱党歌后，接唱此歌。

上所开陈，不为颂祷之浮词，悉本天良所驱使。是否有当，惟当局诸公垂察而付之参考焉。

民国二十五年四月黄炎培

此书系应川省当局之要求，为友谊的贡献。初意未拟公表，送发以后，即遍载成都各报纸，著者亦甚愿公开领受读者指教也。

著者附白

附录三：蜀游百绝句

蜀遊百絶句

寫定本

拙一

蜀游百绝句 并序

旅蜀三月，南北東西，輒傳游躅。凡夫民生之疾苦，天產之瑰美，山川之雄秀，人物之瑰奇，見、聞、所言，無不繫於行吟；思、淺短、善、陋長，要無傷於忠厚。采竹枝以為體，箋疏由以自解，既成曩之有作，何敢希之五珍；今者民族新獻，政趨正軌。不說成事，未妨留為史料；以詔方來，或亦資其鑒戒。蘭成一賦，不免詞危；白傳千篇，惟諷民病。間寄此子美堂前之事物，補太玄亭外之方言風詩，太史之輶，

月旦南州之鑑。於文章達其有謬，於心章諒其無他。民國紀元二十五年五月箸者

由來入蜀上天難。到此乾坤放眼寬。三峽波平容一葦。雲程硬比水程安。一

渝萬機行第一船。蜀通船長浦南田。一亭一碣都如畫。暮雨朝雲廿八年。二

十二巫峰望是非。人來鮓甕命輕微。夕陽一片蕭森氣。猿聲聲慘啼。三

白帝孤城壓斷雲。陰平間道走奇軍。江流不獨成遺恨。
八陣圖開水旱分。 四

萬縣公園草不鏟。渝州高浪峙愁灘。鑿通鵞頭夔江合。
七濠相傳創李嚴。 五

一江黃碧色分明。水入涪陵有濁清。灘惡當門君莫進。
黔船曲尾峽中行。 六

渝州南北兩溫泉。佳日春秋客袂連。大宅生蓮自樂國。
花溪載酒洞藏仙。 七

詩亭一角夕陽殷。九十年前血淚斑。解作成仁分廣狹。
一般芳烈在人间。

八

舟入觀音醉碧嵐。嘉陵亦有峡分三。温泉勝地成觀止。
滙鼻幽深不可探。

九

川漢烟銷三十年。成渝一路待開先。鷹巖百折千盤處。
為鑒前車猛着鞭。

民生日用有誰知。泉味含鹽蔗作飴。客自内江趨貢井。
地中有火詩明夷。

十一

君臣鱼水閟宫成。尚怯南阳访卧耕。淡泊祇知全性命。
岂宜误解苟全生。

十二

子美荒祠倚碧溪。爱鸽终古大峨齐。人间留得诗千首。
大半吟節驻蜀西。

十三

一编洪度写云鬟。古井依稀照玉颜。党领春风有高格。
枇杷门巷謾轻攀。

十四

宝光寺木绿成围。玉佛庄严美妙姿。梦里群生何日觉。
西松遗墨尚淋漓。

十五

六一堂留一宿缘。解装日夕念前贤。忍从表墓文章里，
重忆吠吠堕地年。 十六

放翁早岁著戎衣。家国飘零心事违。地下有灵应莞尔。
共和题句早窥微。 十七

一亭送险並迎险。千里悲怜总为君。北八站连南八站。
北贫南富七中分。 十八

伯约祠前战血痕。孑黎未语已声吞。七身笠合诗人老。
细雨轻车过剑门。 十九

水自金堤內外流。李家父子挂千秋。伏龍觀下人如蟻
社日刲羊五萬頭。 二十

逢灣截角正抽心。水落淘灘不厭深。三字留題低作堰。
旱澇四六早垂箴。 廿一

都江堰外石成堆。嘉定城邊兩水開。離碓齊三峩見二。
嘉陵空自探幽回。 廿二

峨眉如畫碧雲端。雨後晴初更好看。三月清明三尺雪
我登金頂不知寒。 廿三

象池月色夜徘徊。坡轉攢天雪作堆。揭破峨眉神秘窟。日斜雲谷佛光來。

廿四

峨眉山頭居士多。士女較帰成一科。防區畫定山居士。各長孫子雖罹阿。

廿五

地近龍门鐵鎖橋。潺湲流水冷分點。西畔玉壘浮雲下。百丈繩橋二水交。

廿六

臨江山寺號烏尤。寺外三江合一流。到此豁達成悠遠。東坡百尺讀書處。

廿七

岷雅水會脚下。大二三峨杜眼前。彌勒二百有六尺。
縱坐露頂蒼崖巔。 廿八

刀兵二十二年多。蜀亂從頭數寔訛。戰役四百七十九。
傷心父老淚滂沱。 廿九

白白春踦妾斷腸。荒荒廬舍化丘墟。兵燹更憐遭圍剿。
匪掠雖凶只似梳。 三十

狭巷交兵白日昏。花卿雖趣在爭墩。爲銷敵彈捐民命。
血濺黌门上碧痕。 卅一

廿年赤地歇兵戈。一市朱樓擁綺羅。兒女閒情消不得。
蛾眉還比佛頭多。

廿二

儀隴橫尸踐作泥。通江積骨摩坡隄。絕憐一念成洪水。
欲向光明路入迷。

廿三

殘黎欲語淚如潮。敢望恩憐蘇苦徭。百里炊煙今已斷。
卻云缺處補新碉。

廿四

借得升糧百里趨。工艱糧盡一長吁。豪門車澤千夫痡。
民路功成萬骨枯。

廿五

横戈呵擁寸如馳。我欲停車問所之。三百壯農編一串。石壕白晝捉人時。

廿六

輸糧邊徼苦呻吟。一月空叨十二金。價貴物荒那夠話。官家厚惠枉饒心。

廿七

廣元征到百年糧。萬戶催科杖武裝。今日新猷扶正軌。一年只稅十年強。

廿八

新骸易子事成真。土塊桐皮足饋貧。川北竟非人世界。豪門詩舞自穰春。

廿九

小股潛藏大股逃。觀音身價亦非高。青城山下炊烟冷。
百吊儲錢便富豪。

四十一

攤田坐食號紳糧。性咸威名鎮一鄉。未必人人皆土劣。
不勞成穫召天殃。

四十二

白日飛田主不知。佃糧名號更離奇。豪家威重田無稅。
弱者無田亦稅之。

四十三

論挨論挑論畝收。大春分主小春留。搞租卻比分租活。
亦有某租不計秋。

軍費三年正一年。官家定額減從前。地方附稅須除外。
保甲工程算未全。 四十四

良田無價付兒孫。一擔田租百兩銀。今日減餘十四五。
欲求購主更無人。 四十五

山田之水大堪豪。挹注高低仗桔槔。第一水源憑雨量。
更從石罅滿流膏。 四十六

川西農事最精良。婦饁夫耕力作忙。尺寸不教留隙地。
町畦分界亦栽秧。 四十七

二十年来百事荒。官私到處毁陂防。灌田流水年年短。
不種嘉禾種稞糧。
四十八

亦有千倉与萬箱。却農曾不減飢荒。上場低價償高貸。
黄雀螳螂事可傷。
四十九

農商一例政煩苛。尺紙硃泥印百窠。嘉定成都三百里。
税收四十四番多。
五十

揭来觸耳是哀呻。拂曉通衢又一人。巴市愁雲何日掃。
不堪民國滿飢民。
五十一

此是誰家白皙兒。叫號三日畫橫廝。卿官近歲添多少。餓莩當街竟不知。

五十二

嘉陵江水碧於油。夾岸春雲嫩不收。勞者有聲誰會得。清宵幽怨棹人謳。

五十三

劍日勤公無渡河。身閒腹餓將奈何。三日分錢得三吊。新津道上怨聲多。

五十四

長日勞未息筋。半如市鬼半如人。囊無六角銀圓在。那許名除黑籍民。

五十五

衛國童汪亦執干。滿街苦力不成卝。更無餘暑聞文聲。未到成年已背彎。

五十六

我馬未瘏僕未痡。山家歐化上桃初。不求山藥求西藥。爭問先生帶得無。

五十七

邊域恩威兩不施。猓玀非類輟羈縻。屏峨雷馬傷心地。大漢子孫成白夷。

五六

窮邊無食更無衣。婦孺無褌木葉圍。臨別不堪盈手贈。紅花殘破當珠璣。

五十九

越人莫設湯奇評。公路公園不日成。此豈窮檐消受得。諸君何以語蒼生。

六十

絃誦聲中榮戰酣。一時學校已如林。春風紗帽迎桃葉。調護扶持見苦心。

六十一

兩階乍演舞干回。一曲薰琴欲阜財。帷帳運籌知有素。英雄畢竟是多才。

六十二

歌樂山前報曉鐘。佛圖關外舞燈紅。五雲樓閣神仙宅。瑞氣嘉陵江上濃。

六十三

德無常師不自師。絳帷脫略到文詞。師尊曾未與甚若。
自行束脩薄可知。。　六十四

每見師隨官去來。年年六臘戰場閙。此名毋乃不祥甚。
學海金隄要自培。　六十五

艱難榷稅到庠門。移作清脩一束尊。小子何心陳酒饌。
大夫有意祭雞豚。　六十六

人才必若來，源少。學子還嗟出路難。預計兩川今夏月。
三千桃李之愁顏。　六十七

教令初中定普通。分途量力入高中。目標不定盲求學。
誤我前程亦誤公。 六八

川西男女白纏頭。此俗相傳念武侯。文野在心非在皃。
東邦木屐亦風流。 六九

公輸巧藝冠千秋。黃帝衣裳亦可求。堪笑屠夫發奇想。
非親非故供桓侯。 七十

一尺方形后土祠。峰腰雖小亦威儀。驚看赤面雌姿態。
卻奉山君作護持。 七一

愛搜風物入詩俳。細看成渝趕集街。土俗長袍籠短褂。纏頭赤足艸涼鞋。

七十二

掃墓清明紙帛飄。送喪雕羽玉棺高。門前有物同符籙。吞口能驅惡鬼逃。

七十三

川崑別調學難工。使唱皮黃亦不同。蜀曲元音與秦近。幫腔幾欲破喉嚨。

七十四

小小商招趣有加。味腴菜館淡秋茶。臨時生活維持處。不醉無歸小酒家。

七十五

郤陽雅謔事猶賢。幽默文章意可憐。民國誰教成萬狀。
構成天下太貧年。

七十六

心清不許抬包袱。牙祭何妨打野雞。喚僕么師真去得。
入門堂客莫輕提。

七十七

一聲親熱喚袍哥。省識西川俠客多。大老掌游三總管。
五哥服務效奔波。

七十八

何時纔滾君休問。一點大方客莫嗔。到無箇時須無箇。
硬相因處不相因。

七十九

材不材間黃葛樹。味無味處白豆花。桐實打油輸海舶。杉皮當瓦覆山家。八十

裙屐胭脂任氏園。好奇爭看懋功番。登場先自傾三背。舞不驚人曲少翻。八十一

灤州翦紙性分明。西蜀鏤皮製更精。銀幕於今呈異術。一般燈影絕流行。八十二

我聞灌縣老人村。雪鬓飄蕭滿里門。獨對兒郎呼老少。似和無錫語同源。八十三

江水東西里五千。地偏風物尚依然。從知族姓來源合
逐水遷流不計年。 八十四

劫後民勞未息肩。每聞王論出耆年。蜀人敬老尊賢意。
五老當頭配七賢。 八十五

亦從皮裏見秋陽。愛國英髦寫熱腸。稍聞民間真意識。
遍搜事實入文章。 八十六

青衣大隊出郊坰。白梃如雲集壯丁。農隙之餘曾帶械。
同仇他日發新硎。 八十七

要從磨鍊到飛騰。挾筆從軍弱冠能。為國人人爭效死。
不甘白首死書鐙。 八十八

碧柳詩人我最憐。善翻格調出天然。平生志行惟忠愛。
浩蕩靈脩不假年。 八十九

誰遣天涯死七才。恰接遺影出飛埃。廣陵雅樂從今絕。
尚挾精魂歸去來。 九十

況況四海苦民窮。宗宗長生道未通。一熟以窮贏地價。
馬鳴肯為我談農。 九十一

籠竹中流石作堆。榿林終好栖杈林。杜陵詩料全徵實。水角山腰到處栽。

九十二

野蔬無過苐苐菜。別緻爭誇姑姑筵。紅苕食品平民慣。榨菜香名天下傳。

九十三

同巷猶聞夜織忙。一家生事賴平章。女紅那敵新機巧。不廢人功待改良。

九十四

滑竿新製出黔軍。二十年前未始聞。跛腳穿將鐵馬子。有聲橐橐蹴山雲。

九十五

黃山海馬踏雲平。有客峨眉拊背行。左右重心常握定。
腳跟踏穩不須驚。
九六

國門揖盜守無從。萬國航探共一江。欲返主權恃民力。
川江我已穩飛艘。
九十七

戡亂以還萬戶新。流人多貂出艱辛。然婆故事喧傳遍。
教得乖乖遠種因。
九八

天下未亂蜀先亂。天下既平蜀未平。莫小一隅關大局。
快開門戶息紛爭。
九九

苟新日新又日新。誰將斯道覺斯民。苦心擺盡龍门陣。鄭監図成有淚痕。

一百

抱一

蜀游百绝句注文

（一）蜀语多用“硬字”，试仿用之。

（二）第一汽船至重庆，在清宣统元年三月，船名蜀通。船长浦南田，英人。今新滩北岸有碑纪念之。

（三）秭归城下巨石长礁伸入江心，名入鲊瓮。

（四）水八阵图，在白帝城以上江边，地名臭盐碛。别有旱八阵，在成都北广汉县唐家寺。

（五）嘉陵江与长江在重庆东南合流。其西北二流相距亦甚近，地名鹅项颈。相传李严守蜀，曾倡议沟通之。

（六）涪州当乌江流入长江处。乌江有滩当门，舟不得入。行乌江中者别有曲尾舟，因江多滩，水急如瀑，故翘其尾，并作斜势，以避下滩时水泻入船，俗称歪屁股船。

（七）重庆北温泉在嘉陵江上，辟为公园。泉之温度，恰与体温相称，溢出为沼，有鱼有莲。别有南温泉，在江南岸，去时行经花溪，上有仙女洞。

（八）仙女洞前诗碑亭，清道光二十二年节妇王向氏投花溪殉夫，留诗十首于此。

（九）观音峡、温泉峡、沥鼻峡，称小三峡，皆在嘉陵江上。

（十）川汉铁路，实为辛亥革命之导火线，其后中辍。自重庆至成都，经老鹰岩，曲折高下，工程绝险。今成渝铁路，正在测建中。

（十一）自流井产盐，取地中之火，煮地中之泉而成。种蔗作糖，为内江特产。

（十二）成都南门外汉昭烈帝墓祠。武侯卧南阳，淡泊宁静，以全性命，是何等抱负？岂宜误解作苟且求生！近竟有人为文诋武侯不足学者。

（十三）成都南门外杜工部草堂。少陵诗今存一千一百三十五首。自四十八岁入蜀，至五十八岁出蜀，得诗七百十二首。

（十四）成都东南城外薛涛井，今作公园。薛涛，字洪度。胡曾诗：万里桥边女校书，枇杷花下闭门居。扫眉才子知多少，管领春风总不如。有《洪度集》，近人贵阳陈矩刊行。

（十五）成都城北宝光寺，有岳襄勤公钟琪书“觉悟群生”额。

（十六）欧阳文忠实生于绵州推官官廨。即今绵阳专员公署。余三月九日宿此。

（十七）放翁宿武连驿诗：“寒鞭熨手戎衣窄，忽忆南山射虎时。”民国元年知剑州张政和诗：“酹酒陆生应莞尔，中原光复已多时。”皆刊入武连驿觉苑寺壁。

（十八）梓潼当南北两八站之中。有亭，北行迎险，南行送险。

（十九）剑门关前姜维祠。往岁剿匪川军败衄于此。

（二十）岷江至灌县都江堰，分内外二江，各灌数十县农土，传秦李冰父子所凿。金堤在都江堰下。蜀民岁以羊祀冰父子，范石湖有“刲羊五万大作社”句。

（二十一）二王庙有碑，镌十四字：“深淘滩，低作堰，逢弯截角，遇正抽心。”中惟“低作堰”句，似意有未完。另碑尚有“分四六，平潦暵”等语，知堰低宜有度也。

（二十二）蜀三离堆：一在灌县外，一为嘉定乌尤寺所在，一在嘉陵江边新政坝。

（二十四）峨眉多神话，金顶午后二时至三时间，日下无云，从舍身岩俯瞰深谷云满，则能从云而见圆形，中为已之头面影，周围作日光七色，俗称佛光。从攒天坡上洗象池“象池夜月”为峨眉十景之一。

（二十五）男称大居士，女称二居士，猴称三居士。王居士为虎，长居士为蛇。猴在峨眉分四区域：华严顶，御仙寺，九老洞，洗象池，各守区域，犯则必抗。

（二十六）峨眉山下龙门洞附近，有铁锁桥，聚若干铁索为之，以通两崖。下为虎溪。灌县内外江合流处有绳桥。

（二十七八）嘉定岷江、铜河、雅河合流处，孤峰自江中突起，为乌尤山，实西蜀三离堆之一。其右岸凌云山脚，凿大弥勒，实测高二百有六尺。旁有苏东坡读书楼。

（二十九）见康选宜《川战简史》，载《复兴月刊》四川专号。

（三十）蜀谚：“匪如梳，兵如篦，团如剃。”

（三十一）成都巷战，争川大校旁一土墩，驱民众在前，使消耗对方子弹，至今蜀人引为惨痛。

（三十二）蜀人称姨太太多于军官。

（三十三）仪陇、通江等县匪祸，见民间意识社出版之《四川匪祸的科学纪录》。

（三十五）柳沟工人亲对我说：我们是穷人，做一天，吃一天。农忙时候，不让我们种田，硬要我做工。既不给钱，又不给食，还不是借了几升米，抗着走了六十里到这里来。现在米吃光了，工没有完，不让我们回去，要饿死了，先生！什么样？

（四十）绑女票称“接观音”，绑儿票称“抱童子”。青城山下，满百吊者称大富。川大学生语余如此。

（四十二）飞粮之结果，使有田者无粮；飞田之结果，使有粮者无田。伟人例不纳粮，名曰伟粮。

（四十三）成都田以亩计，巴县以担计，永川以挑计，有分租、撝租、呆租、乾租等制。小熟称小春，为佃农所得。

（四十四）正税一年，剿匪军事费三年，保安费一年，公债一年，此见之民念四年度预算者。外地方附加税一二年，保甲工程等费一年或数年。今尚有一年征税十年以上者。

（四十五）收租一担之田，十年前价银百两，合一百四十元。今减至六十元，尚无人承买。

（四十八）此系灌县事实。今岁从事大修水利矣。

（四十九）村农都苦高利贷。各种特产，就余所闻灌县之川芎，万县之桐油皆然。万县桐油贷主转向洋商称贷，故最后利为外人所得。

（五十）陈维新君藏民国十五年商务书馆运文具免费护照一纸，自嘉定至成都三百数十里间，收税机关盖印者四十四处。

（五十一）重庆街卧一尸，旁人说又是一个。报载每日该市路毙平均二十余人。

（五十二）三月二十六日过简阳亲见之。

（五十四）过新津、彭山间邓公场，从浮桥渡河，桥由县府征民船架以成。规定向渡客征费。船夫述被征船九十余，每三天分钱一次，每次每船仅得二三吊，不够食。

（五十五）戒烟执照，最下级亦须纳银六角。故劳工多无力戒烟。此在万县闻之。

（五十六）在自流井所见。

（五十七）游峨眉山轿夫多问带得西药否。

（五十八）见西部科学院出版《雷马屏峨调查记》。

（五十九）有自宁南、会理一带归者，述如上语。

（六十一）军人多以办学为荣。学校与其家庭间往往发生种种关系。

（六十二）若干私家银行与军人有关系，高级军官兼为银行董事。

（六十三）嘉陵江上多高级军官美宅。

（六十四）乡村教师，甲取俸之一部以委乙，乙以委丙，丙有月仅得四元余者。间以不识字者充数。

（六十五）护国之役，泸州、纳溪间战役为最有名，称“泸纳之战”。各校学期告终，教师相讦以争位，戏名为“六腊之战”。“泸纳”与“六腊”蜀音相近故也。

（六十六）川省指定屠宰税专充教育费。

（六十七）预计今夏川省初高中将有毕业生三千人，不免发生出路问题，详见《留告四川青年同学书》。

（六十八）现行学制，初中以普通为原则，高中以分科为原则。

（六十九）白布缠头，遍于蜀西，相传为诸葛武侯纪念服。

（七十）屠业公所皆奉张桓侯。

（七十一）蜀俗，土地祠供虎。

（七十二）成都、重庆间，甚多此类服饰，农夫上集亦如此。

（七十三）清明扫墓焚纸帛。送丧立一雄鸡于棺顶。门首悬一方形之板，上绘符箓状，名“吞口”。

（七十四）川剧，乐师与唱，名“帮腔”。

（七十五）“味腴”“涴秋”“临时维持生活处”“不醉无归小酒家”皆成都商店招牌。

（七十六）某岁除，一士人语某军长：元旦拟赠一楹联。且口述联语为“民国万岁，天下太平”八字。答称善。及受而揭之，则易为“民国万税，天下太贫”矣。

（七十七）收取非分浮费，名“抬包袱”。初二、十六食肉，称“牙祭”，亦称“打野鸡”。茶酒旅馆仆，称“幺师”。重庆一带女眷曰“堂客”，但成都视为贱称。

（七十八）哥老会友以“袍哥”相称。大哥掌旂，亦称大老。二哥惟和尚得为之，无则缺。三哥管家。五哥奔走服务。

（七十九）某督办筑路，民怨之。赠联：上句“干路已填平，问督办何时才滚”。成都人力车夫争价，称：请先生“大方一点”。犹言宽大些。“煞个”，完结也。“硬相因”，大便宜也。

（八十）黄葛树与榕同科，形亦相似。家家食豆腐，称“豆花”。山家以杉树皮作瓦，颇耐火。

（八十一）四川大学任叔永校长偕其夫人邀观懋功番歌舞。番男女老少皆善饮，歌舞甚简单。

（八十二）川人镂牛皮成人物形，于灯下影演种种戏剧，名“镫影”。

（八十三）江苏无锡呼小儿曰“老少”。蜀俗亦然。

（八十五）成都有“五老七贤”。五老者：方鹤齐（旭），曾焕如（鉴），徐子休（容），尹仲锡（昌龄），刘豫波（咸荥）五先生也。余入川时，惜徐先生已先数月物故。七贤姓氏，未能确指。

（八十六）民间意识社。

（八十七）壮丁训练。

（八十八）学生军事训练。

（八十九）吊吴芳吉。

（九十）吊王光祈。

（九十一）青城山彭椿仙炼师为言；田种川芎，一熟所收，可抵田价。因忆马鸣生为阴长生日夕谈农业故事。题二绝赠之。

（九十二）笼竹入水，经年始坏，他竹仅支半年耳。制笼储石，杩杈三脚木架，皆筑堤要材。桤木入水尤耐久。杜陵诗："桤林碍日吟风叶，笼竹和烟滴露梢。"至此始见实物。

（九十三）弟弟菜，野菜之一种，红苕，即番薯，皆平民食品之精美者。姑姑筵，孩童设筵嬉戏之名。有就园林售酒菜者，以此为名，菜多别制。

（九十四）川西川北家庭纺织之风犹盛。但多用旧式工具，亟须改良。

（九十五）滑竿便于坐卧，二人肩以行。民国六年黔军入川，始推行此制，舁夫脚穿铁马子，则登山更便。

（九十六）峨眉有背人以行者名"背子"。与黄山旧时所有略同。

（九十七）志民生公司航业。

（九十八）所至问蜀人旧籍，听其答语，知迁蜀无过三百年者。盖张献忠之乱，亡杀殆尽矣，蜀童殆无不知“熊家婆”故事者：二女家居，母出，一媪入，抚育甚厚。夜，长女闻媪楼下食物声，问之，答食蚕豆。索食之，则妹之指爪也。大骇。取空坛猛摇作声，媪问楼上何声，答打雷了。媪急遁去。媪系人熊，最畏雷，长女以此得全性命。

（九十九）“天下未乱蜀先乱，天下既治蜀未治”，欧阳存一语。

（一百）说故事称“摆龙门阵”。

民国纪年与公元纪年对照表

民国纪年	公元纪年	民国纪年	公元纪年
民国元年	公元 1912 年	民国二十年	公元 1931 年
民国二年	公元 1913 年	民国二十一年	公元 1932 年
民国三年	公元 1914 年	民国二十二年	公元 1933 年
民国四年	公元 1915 年	民国二十三年	公元 1934 年
民国五年	公元 1916 年	民国二十四年	公元 1935 年
民国六年	公元 1917 年	民国二十五年	公元 1936 年
民国七年	公元 1918 年	民国二十六年	公元 1937 年
民国八年	公元 1919 年	民国二十七年	公元 1938 年
民国九年	公元 1920 年	民国二十八年	公元 1939 年
民国十年	公元 1921 年	民国二十九年	公元 1940 年
民国十一年	公元 1922 年	民国三十年	公元 1941 年
民国十二年	公元 1923 年	民国三十一年	公元 1942 年
民国十三年	公元 1924 年	民国三十二年	公元 1943 年
民国十四年	公元 1925 年	民国三十三年	公元 1944 年
民国十五年	公元 1926 年	民国三十四年	公元 1945 年
民国十六年	公元 1927 年	民国三十五年	公元 1946 年
民国十七年	公元 1928 年	民国三十六年	公元 1947 年
民国十八年	公元 1929 年	民国三十七年	公元 1948 年
民国十九年	公元 1930 年	民国三十八年	公元 1949 年